愛されうさぎと
Aisare Usagi To Torokeru Creamtea
とろけるクリームティー

愛《あい》されうさぎととろけるクリームティー

高原《たかはら》いちか

ILLUSTRATION：金《かね》ひかる

愛されうさぎととろけるクリームティー

LYNX ROMANCE

CONTENTS

愛されうさぎと
とろけるクリームティー

鮮やかな青い瞳《ひとみ》をしたノエル・ブラウン＝森野《もりの》が、朝起きて、顔も洗わず、もつれた金茶の髪も梳《と》かさずにまず一番にすることは、蛇口《じゃぐち》をひねり、しばらく古い残留水を流したあとで、ケトルに勢いよく水道水を注ぐことだ。

「ふわぁ……」

この際、蛇口はあえて思いきって大きくひねる。バシャバシャと音がするほどの勢いで注げば、水に多量の空気が含まれるからだ。

紅茶は、なるべく新鮮で空気を含んだ、沸《わ》かしたての熱湯で淹《い》れねばならない。ノエルの故郷・英《えい》国《こく》ではこれが、この世始まって以来の真理のように守られている、いわゆる「ゴールデンルール」だ。

ケトルの湯は、コイン大の気泡が立つまでしっかり火で沸かす。これを注いでマグを温め、一度湯を捨てたあとでまた湯を注ぎ、そこにティーバッグを端からそっと沈める。あくまで、「そっと」だ。間違ってもポチャンと放り込んではいけないし、ティーバッグの上から湯を勢いよく注いでもいけない。それから、ふたをしたマグにティーコージー——茶器を保温するためのキルティング製の帽子のようなもの——を被せ、茶葉に応じた浸出時間のぶん、放置しておく。

砂時計をひっくり返し、さらさらと砂が落ちてゆくその間に、いささか優雅さには欠けるが、朝からテレビをつける。こんな早朝だというのに、髪型から化粧、色鮮やかなスーツまで、完璧に身づくろいをした女性アナウンサーが、今朝の最新ニュースを読み上げている。

『残念なニュースです。昨夜九時ごろ、都内でまたしても獣人《じゅうじん》が暴行を受ける事件が起こりました』

深刻な事態を告げる声音《こわね》だ。

『暴行の被害を受けたのは、猛禽類種《もうきんるいしゅ》の獣人男性でした。警視庁は男性の隣人で、先日、飼っていた文鳥数羽を被害者に襲われたと主張し、被害届を出していた容疑者を、暴行傷害の疑いで逮捕しました』

ああ、とノエルはだいたいの事情を察した。猛禽や猛獣の性質を持つ獣人が、人間やペット、家畜を襲って食べる、と、根も葉もない偏見を信じ込んでいる人間は、いまだに多い。文鳥を襲われたと主張していた容疑者も、おそらく野良猫にでも襲われたのを、隣人の仕業《しわざ》だと誤解したあげく、思いつめて犯行に及んだのだろう。

『日本は先週、世界保健機構から獣人の保護政策に対する不備を警告されたばかりで、今回の事件は波紋を呼びそうです』

憂鬱《ゆううつ》なニュースだな、とため息をつく。獣人のことなら、ノエルにとっては他人事ではないのだ。文字通りに。

『ではここで、獣人とその保護の必要性について、専門家に解説していただきたいと思います』

見るからに知的で穏《おだ》やかな佇《たたず》まいの男性が、この問題に詳しい大学教授として紹介され、『はい』とうなずいて解説を始めた。

『まず獣人とは、人間のもの以外の動物のゲノムが混ざった状態で生まれてきた人で、なおかつその動物の性質が時として発現する人のことを言います。ゲノムの混在は、おおよそ一五世紀半《なか》ばごろ、世界中で同時多発的に発生したものと推定されていますが、そうなった理由は今もよくわかっておりません。混入する動物のゲノムの種類は、鳥類、ほ乳類、爬虫類《はちゅうるい》とさまざまですが、現在、発現の確率は約一〇万人にひとりと言われておりまして、人口一億二〇〇〇万人の日本には、単純計算で一二〇〇人ほど存在するものと思われます』

するとおおよそ、小さな自治体にひとりいるかいないか、というところだが、実際には獣人であることを隠して生活している人がほとんどだから、身近にいても気づかない人間が大半だろう。ノエル自身も、自分以外の獣人にはいまだに会ったことがない。

『それに獣人は、数世代を隔《へだ》てて飛び飛びに出現する性質がありまして、いわゆる隔世《かくせい》遺伝と呼ばれるものです。若いふたりの男女が、自分たちはごくふつうの人間だと思いつつ結婚し、子どもを作る。するとまったく思いがけず、獣人の素質を持つ子が生まれ、しばらくは両親もそれと気づかず育ち、ある程度成長した段階で突然、獣人としての性質に目覚めてしまう、という例が多いのです』

「……うん、ぼくもそうだった」

ノエルはついテレビに向かって返事をしていた。あのころのことはもう、思い出したくもないが。

『多くの場合、獣人のゲノムの覚醒《かくせい》は周囲に大きな混乱をもたらしてしまいます。たとえば』

教授は列挙した。虎やライオンの獣人だと、突如自分の縄張りに他者が侵入するのを極度に嫌うようになり、牙や爪を見せつけて威嚇《いかく》する。鳥類の獣人であれば、渡りの季節になると空を飛ばずにいられなくなり、軍事施設などの上空にそれと知らずに不法侵入して、撃ち落とされたりする。ほかにも、ある季節に発情期を迎えて、パートナーを探し求めてフェロモンを振りまき、結果的に性犯罪を誘発してしまう種族もある、と——。

『ですが今は獣人としての性質の発現を抑制する薬が開発されておりまして、きちんと専門医にかかって適切な投薬を受けていれば、ふつうの人間と同様に生活でき、問題を起こすことはほぼありません。かつては優生学的な見地から、獣人遺伝子をこの世から消し去ろうとした時代もあったのですが、今は獣人の生まれてくる権利、生きる権利を尊重する、という考え方が世界的に主流になりまして、彼らが、ふつうの人間と同じ生活を送れるように努力しよう、という国際的な申し合わせもなされております』

『にもかかわらず、日本ではいまだに獣人への差別と偏見が根深く残っているということでしょうか？』

『そうですね。日本では特に、獣人を差別してはならないと教える人権教育が、他国に比べあまり積極的になされていないということもありまして、国際社会から非難を受けることが多いのですが——』

ぷつん、とテレビを消す。

「国際社会から非難、か——」

確かに、前回行われたアメリカ大統領選挙でも、獣人の人権保護政策は熱心に議論されていた。対して日本では、あまり国会などの場で俎上《そじょう》に載ることもない。ありていに言えば無関心で、そういう問題が存在するということ自体、公《おおやけ》には認めていない、というところだろうか。

「まあでも、ことお茶を淹れることに関しては、日本はいい国だよね」

砂時計の砂がさらさらと落ちるのを眺《なが》めながら、ひとりごちる。

ノエルの出身地・英国は硬水地帯が多く、それに対し日本はほぼすべてが軟水だ。紅茶の本場は英国と言われるが、実はおいしい紅茶を淹れるのに向いているのは日本の水なのだ。しかも日本では、その「向いている水」が、清潔ですぐ飲める状態で、無尽蔵《むじんぞう》に家庭の蛇口からあふれ出てくる。なんと素晴らしい、と来日当初は感激したものだ。

茶色い髪と青い瞳のノエルの体内に流れる日本人の血は、ほんのわずかだ。「森野」というのは母方の祖母の結婚前のファミリーネームで、本来ならばノエルが名乗れる名ではない。その祖母からして北欧系との混血だったというから、ノエルの外見にアジア系らしさが皆無なのは当然だった。

それでも今は、そのほんの少しの日本人の血が、ノエルの生きるよすがだ。国籍も日本に移したし、仕事上使っているのも、「森野ノエル」という日本風の姓名だった。イギリス系日本人——それが今の自分で、これからもそうだ。たぶん……よほどのことが起きない限りは。

(いやいや、悪いことは考えるな)

ノエルは首を左右に振る。「よほどのこと」など、もうこれ以上起きてたまるものか。そんなものは、すでに一生分、故郷で経験した。今はもう、安全な場所にいるのに、つい余計なことを案じてしまうのは——。

(きっとまた体調が悪いからだ)

シンクに手を突いて、はあ、とため息をつく。体の芯に、微妙な発熱の兆候がきていることがわかる。医師からは過剰服薬を厳禁されているが、朝食を食べたあとなら、もう一錠くらい追加しても、胃腸には障《さわ》らないだろう。

それにしても、最近、何だか抑制剤の効きが悪い気がする。無意識にストレスをためるような要因があっただろうか、と考えて、すぐにひとりの男の顔が思い浮かぶ。そのとき、砂時計の砂が、ふつ、と落ちきった。

ノエルはマグカップからティーバッグを、なるべくそろりと引き上げた。揺らさないよう、絞らないよう……そうすれば、ほら、雑味のない、輝くような深紅の紅茶の誕生だ。

その水色を眺めて、気分があがる。故郷では目覚めの一杯はミルクティーが基本だが、日本の水で淹れたものは、何も入れないストレートで充分おいしい。

昨夜のうちに仕込んでおいたクランペットの種も、ふつふつとうまく発酵《はっこう》している。目覚めの一杯を飲み干したら、フライパンを火にかけよう。つけあわせのブレックファーストティーのために、ケトルももう一度火にかけておかなくては。

「大丈夫、今日もぼくは元気」

自分に暗示をかけるように、ノエルはつぶやいた。

そうしなければ、つい不愉快なあいつのことを考えてしまう——。

飲み干すためにマグを傾けながら、ありふれた色合いだ、と自分では思っている金茶色の前髪をかき上げる。現れ出た白皙《はくせき》の額《ひたい》は、念入りに茶渋を落として磨き上げたばかりの磁器《チャイナ・ボーン》のような、輝きわたる美しさをたたえていた。

——ノエルがあいつに出会ったのは、今から一週間ほど前のある日のことだ。

「オーナー、お呼びで、すか……？」

その日、ノックのあとで入室したノエルは、そこにいた初対面の男の鋭い眼光を浴びて、思わず身を固くしてしまった。

誰だ……？

男は、ひどく精悍《せいかん》な容貌《ようぼう》をしていた。見るからに日本男児らしい艶《つや》のある黒髪黒瞳。あたかも武道の達人であるかのような、凛《りん》とした佇まい。グレーの落ち着いた色調のスーツが、大柄《おおがら》な体に、思わず目を瞠《みは》るほどに着映《きば》えしている。

「——ああ、ノエル。いや森野くん。忙しいところを呼び出してすまないね」

クラシカルなオーナールームでのことだった。部屋数三〇あまりの小規模ホテル「ナーサリーライム」を経営する的場孝太郎《まとばこうたろう》の、重厚な木製の執務机の前で、ノエルは彼と初めて顔を合わせたのだ。

第一印象は、鋭い眼光に怖《お》じ気《け》づいたのが半分、見下げるようなその目つきに、なんだこいつ、と不快《ふかい》になったのが半分、というところだ。少年じみた細身で、身長もかろうじて平均値のノエルは、どうしても若造《わかぞう》扱いされがちだが、こう見えてももう、成人年齢を片手の指の数ほどは過ぎているのだ。あと半年もすれば、片手では足りなくなる身で、そうそう軽く見られてはたまらない。

「紹介しよう。今日からわがホテルに新戦力として加入してくれる大神亮《おおがみりょう》くんだ」

ぽってりした愛嬌《あいきょう》のある肥満体で、経営者らしからぬ柔和《にゅうわ》な雰囲気を持つ的場は、そう言って上機嫌に男をノエルに引き合わせた。

対して、紹介にあずかった大神という若い――後に知ったが、まだ三〇を少々越えたばかりの――男は、見るからに不機嫌そうな顔つきをしている。そんな大神に、的場はほくほくと嬉し気に、今度はノエルを紹介する。

「大神くん、こちらはうちのティールームの責任者《チーフ》で、給仕長でもある森野ノエルくんだ。本名はノエル・ブラウン＝森野だが、職場では『森野くん』で通しているから、きみもそうするように」

「――はい」

わかりました、と返事をする声の、何とも無愛想なこと。

ふつう、どれほどビジネスライクな場でも、仕事相手と引き合わされる場ならば、へらへら笑いはしないまでも、愛想笑いのひとつも見せるものだ。まして接客業界の者ならば。

ところがこの男は、初対面の相手に笑みを見せるなど男の恥、とばかり、表情筋ひとつ動かそうとしない。握手を交わした瞬間さえもそうで、ノエルは最初に感じた反発心がぐっと頭をもたげてくるのを感じた。

何だ、この男は？　よりによってこんなのが、ノエルの聖域、この愛《いと》しくも美しいホテルの新戦力になると？

戸惑《とまど》う表情を察したのか、的場が半笑いでノエルに「いや実はね」と話しかけてくる。

「大神くんはつい先日まで、アメリカのラスベガスにいたんだ。きみも知っているだろう？　ホテル・グランドアマゾン」

「――ええ、それは……もちろん」

仮にもホテルマンをやっていて、知らないわけもない、世界に展開している一大ホテルチェーンだ。いかにもラスベガスを創業の地とするホテルらしく、派手で大仕掛けなサーカス劇場や、世界タイトルマッチを行う格闘技場、そこだけで一大テーマパークの規模を誇るプールに、大規模なカジノを併《へい》設《せつ》していることでも知られ、何というか、絢爛《けんらん》かつ巨大でゴージャスではあるが、上品か下品かで言えば下品なほう、というイメージをまとっている。プールのような娯楽設備はいっさいなく、素朴で家庭的かつ閑雅《かんが》な「ナーサリーライム」とは、あらゆる意味で対極の存在だ。

「彼はね、わたしが、そのグランドアマゾンの経営陣から引き抜いてきたんだよ」

ええ？　と、ノエルは思わず声を上げるところだった。そんなノエルの顔を、大神の目が鋭く睨《にら》んでいる。

「驚いただろう？　この若さで、あの巨大グループの経営に参《さん》画《かく》していたとは」

的場はノエルの表情を感嘆《かんたん》のそれだと解釈したようだが、違う、そうではない。

「いえ、ぼく……わたしが驚いたのは、そこではなくて……」

ノエルはしどろもどろに驚愕《きょうがく》の理由を説明する。人材をスカウトしてくる先としては、グランドアマゾンはあまりにうちとは毛色が違いすぎるのではないか、と。

いったいどういう考えで……と視線を向けた先で、的場の顔が笑っている。

「いやあ、うちのホテルにも、さすがに少しテコ入れが必要かなと思ってねぇ」

さすがに近頃は、そうのんびりした経営を続けるわけにもいかなくなってきたから、と頭をかく。

(それはまあ、そうだろうけど……)

ノエルもそれは認めざるを得ない。ホテル業界では老舗《しにせ》の「ナーサリーライム」は、名所旧跡的な意味合いでの知名度は高いものの、莫大な利益をあげている、とは言い難《がた》いホテルだ。もろもろの時勢に鑑《かんが》みて、そろそろ経営面での思い切った改革が必要だということは、ノエルにもわかる。

(でも)

ノエルは表情を固くした。

(だからって、あんなゴリゴリの儲《もう》け主義ホテルの関係者を、このホテルに入れるなんて……)

「ナーサリーライム」は、ノエルにとってこの世に残された最後の楽園だ。随所に古風な英国の様式を取り入れ、時の流れに磨《みが》かれたここは、国を追われたノエルの、最後の故郷なのだ。その聖域に、このぶしつけな、アメリカ仕込みの男を踏み込ませるというのか？　それが今、必要なことだと頭ではわかっていても、とても心から納得はできない。

（この男は、ぼくの敵になる）

初対面のこのとき、ノエルは早くも、大神亮という男に好意ではない感情を抱いた。

「では森野くん。大神くんにホテルの中を案内してあげてくれたまえ」

恩人がそう告げた瞬間も、ノエルは青い瞳をひたりと鋭く、大神に向けたままだった……。


ふっ、と、回想が中断する。

キッチンに朝の陽光が差し込み、フライパンの上の円《まる》いセルクルの中で、ぶつぶつと穴だらけのクランペットが焼きあがっていく。よくある日本式の、均一な茶色の焼き目が美しい「ホットケーキ」に比べて少々不格好だが、このぶつぶつの穴に、蕩《とろ》けたバターやはちみつが流れ込み、中までしみとおるのがおいしいとされているので、出来上がりはこれで正解なのだ。

発酵の具合がよかったのか、今日のはいい出来だ。だが、一人暮らしの部屋に朝食の支度の音だけが響くのはあまりにもわびしくて、ノエルはつい、一度消したテレビをまたつけてしまった。早朝からワイドショーよろしく巷《ちまた》のさまざまな噂話《うわさばなし》を取り上げるにぎやかな番組は、もう昨夜起きた悲劇のことなどなかったように新しいコーナーへと進んでいた。

『さて今朝の注目グルメのコーナーは、本場アメリカから国内初出店の、カップケーキ専門店を取材してまいりましたー！』

朝からテンションの高い女性リポーターが解説する背後に、それぞれにおもちゃのような色彩のクリームデコレーションを載せた、カップケーキの群れが映《うつ》っている。確かに、パステルカラーのクリームの数々は若い女性に人気のようで、実際店舗を訪れ、ショーケースを覗《のぞ》いたリポーターは歓声を上げているが、平気で食べ物にブルーやショッキングピンクを使うセンスはいかにもアメリカ的で、「お菓子は焼きっぱなしのきつね色に限る」という美意識が行き渡っている英国が出身地のノエルには「生理的に無理」としか言えない代物《しろもの》だ。

（……そう言えば、あいつも）

む、と口元を曲げながら思い出したのは、不本意なことに、またしても大神亮のことだ。的場からあいつを紹介されたあの日も、この色鮮やかなカップケーキを巡って、少々険悪な空気になったのだった……。

——あいつに出会った、その日のことだ。

「この建物は」

ノエルはむっつりと威圧感に満ちた男を引き連れて館内を歩きながら、解説を始めた。

「関東大震災後の復興事業の一環で、当時創設されたばかりの聖公会系女学校の寄宿舎として、イギリス人宣教師主導のもと、設計・建設されました」

大神は無言だった。仮にも案内されている身だというのに、うなずきひとつ返してこない。

「再度大地震が来ても耐えられるようにと、当時最新の建築技術を使い、念入りに地盤調査をした上で堅牢《けんろう》に建てられました。そのため、築年数を重ねた今もこうして現役で……」

「――ホテルになったのはいつなんだ」

ノエルの説明がまわりくどい、と言わんばかりに、大神は先を急《せ》かす。

「今のオーナーは三代目なのですが、先代がご存命だったころまでは、いわゆる『文士《ぶんし》ホテル』として有名だったとか」

「珍しい言葉を知っているな。『文士ホテル』か」

日本人ではないくせに、と暗に言われたような気がしたが、これはよくあることだった。青い瞳に白銀の額を持つノエルの容貌は、どこからどう見てもアングロサクソン系で、なめらかに日本語を使いこなすたびに驚かれてしまうのは、もう慣れっこだ。

「おれも長いこと日本を離れていたから、最近の事情はわからないが、さすがに今どきはもう、小説家やエッセイストのことを『文士』なんて古い言葉で言わないだろう?」

「そうですね。ですが今でも、年配のお客さまはここを『文士ホテル』と呼ばれることが多いので」

この美しいホテルの中には、古い時代の空気が大切に保存されているのだ、という意味を込めてノエルが解説すると。

「なるほど」

大神は初めてうなずき、ロビーを見回した。

「作家が作品をものするために、長期間缶詰になるホテルか」

その閑雅さと居心地のよさが数々の文豪たちに愛され、ここで生み出された名作も数多い。随所で壁に掲げられている額入りのスケッチ画も、今は亡きとある有名作家が、このホテルへの感謝の気持ちを表すために描いてくれたものだ。

「そして、『文士』たちがホテルを利用しなくなった今は、かつての文学青年たちの憧憬《しょうけい》を満たす場所となった、というわけだな」

まったくその通りなのだが、なぜこの男に言われると、こうも腹が立つのだろう、とノエルは思った。鼻で嗤《わら》われたわけでもないのに、馬鹿にされている、と感じてしまうのは、おそらくひがみでも錯覚でもない。この男はここを、時代遅れの古臭い場所だ、と思っている。

「ここです」

ノエルは足を止めた。そこは学校の教室程度の広さの、フロント脇の空間だった。いくつかのソファとローテーブルが置かれ、壁際には小さめの書き物机と、大部《たいぶ》の国語辞典が置かれている。家具はどれも、多くの人に使い込まれてきた飴色《あめいろ》に輝き、往時のにぎわいを物語っているが、今はまったくの無人だった。大きな古時計が振り子で時を刻む音が、その寂しさを際立たせている。

「先代が健在だったころには、このロビーで、色々な出版社から来た編集者が、おおぜい原稿待ちをなさっていたといいます。当時はまだ喫煙率が高かったので、そこのローテーブルに置いてあった大

きな灰皿が、すぐにいっぱいになってしまったそうで、ロビー係がいつも気をつけて、頻繁《ひんぱん》に清掃を
……」

「きみの持ち場はそこか？」

大昔の栄光になど興味はない、という態度で、大神が顎《あご》を振る。

そこには、ルネ・ラリック工房作のガラスレリーフの嵌《は》まったドアが、重々しく口を開けていた。

真鍮色《しんちゅういろ》のレトロな字体で、壁から浮き出た店の名は――。

「――『十月のうさぎ』？」

奇妙だと感じたことを隠さない声音で、大神はノエルの聖域の名を読み上げた。

「三月ではなくて？」

これもよくある反応だ。「三月うさぎ」は「不思議の国のアリス」に登場するキャラクターで、多少なりとも英文学に造詣《ぞうけい》のある人なら、チェシャ猫やハンプティダンプティと同様に、よく知っているだろう。

「先々代の命名なんですよ」

ノエルは頻繁にされる質問に、いつも通りに答えた。

「『March Hare《マーチヘイア－》（三月の野うさぎ）』は知名度は高いですが、本来、『サカリがついたようにおかしくなっている状態』を表す英語の古典的な比喩《ひゆ》表現ですから」

サカリがついた状態、というくだりを、内心忸怩《じくじ》たるものを抱えながら告げると、大神は「そうか」

とつぶやいた。

「……入っても？」

「どうぞ」

ノエルが促《うなが》すと、大神はその堂々とした体を店内に運び入れた。

ティールーム「十月のうさぎ」は、ホテル「ナーサリーライム」を象徴する場所だった。様式はすっきりと直線的なラインと、古き良き華麗さを併《あわ》せ持つアール・デコ。床は白黒の市松模様《いちまつもよう》が斜めになった大理石《だいりせき》敷きで、壁一面のガラス窓を覆うカーテンも、テーブルに載っているランチョンマットも純白だ。

「——清潔だな」

特別感嘆したようでもない感想を、大神はぼそりと述べた。まあ、第一印象としては悪くない。一目見てわかる清潔さは、ホテルの最低限にして最大のセールスポイントで、そこを認められるのは、まずは及第点というところだ。

「何か召し上がって行かれますか？」

ここに来たからには、何も口にしないでは帰さない。

そんな気持ちを込めて、窓際の、いちばん日当たりのいい席の椅子《いす》を引いてやると、案に相違して、大神は躊躇《ちゅうちょ》せず腰を下ろした。ノエルが差し出したメニューを吟味《ぎんみ》し、開口一番言ったことが。

「コーヒーがない」

ああ、やっぱりな。言われると思っていた、と内心考えつつ、ノエルは告げた。

「ここはティールームですので」

ナーサリーライムでは、コーヒーはルームサービスか、五階フロアにあるフレンチレストランで提供している。決してこのホテルからまったく排除しているわけではない。だが一階ロビー横の、ホテルの顔でもあるここは、あくまで本場英国のものを切り取って運んできたような「本格ティールーム」であって、「カフェ」ではない。「ティールーム」は文字通りお茶を楽しむ店で、英国では――まあ、おそらく例外は多々あるだろうが――基本的には紅茶しかメニューに載せない。

「十月のうさぎ」がホテル・ナーサリーライムを象徴する場所だ、というのは、そういう意味だ。英国文化をこよなく愛したという創業者の遺志により、ここは開業当時から一貫して「英国式ティールーム」であり続けている。だから客にコーヒーを要求されても、いつも慇懃《いんぎん》に「ございません」と告げる。

「よくそんな殿様商売で続いてきたものだな。このホテルの顧客はよほどのマ……いや、変人ぞろいなのか？」

穏やかに言い直しても誤魔化《ごまか》せない。大神はこのホテルのサービスを愛好する客たちを「マゾ」だと言いかけた。まったく口の悪い男だ。

まあ確かに、コンビニが乱立し、二四時間望むものが手に入るのが当たり前の世の中で、美意識を貫くために不便や不自由を忍ぶことは、確かにある種の被虐《ひぎゃく》趣味かもしれない。けれど――。

「それの何が悪いのですか」

きっぱりと告げると、男は、「ん？」と目を上げる。そんな相手を、ノエルは青い瞳で見据えた。

自分たちは、自分の美学に忠実なだけだ。そのことの何が悪い、とその目で語る。

「このホテルに残る閑雅な昔の雰囲気を愛してくださっている方は、おおぜいおられます」

ノエルの反論に、大神は無表情で応じた。

「文学的抒情性《じょじょうせい》と懐古《かいこ》趣味か。だがそんなもので、いつまで金を落としてくれる顧客を摑んでいられるかな」

経営側らしい傲慢《ごうまん》な物言いの尻にくっつけるように、大神は「コーヒーがないなら、飲み物はきみにまかせる」と告げた。ノエルは突き返されたメニューを受け取りながら訊《たず》ねる。

「ついでに何か甘いものもお召し上がりになりませんか？　この店には、本場の古いレシピを再現した……」

「それもまかせる」

ノエルを試しているとも、関心がなく投げやりとも取れる物言いだった。

お茶とお菓子を用意しながら、ノエルはキリキリと歯嚙《が》みした。何だ、あれは。何だあれは。まったく、何て失礼でいけすかない……。

などと内心で思いつつも、最高の紅茶を淹れ、それに最高に合う菓子を見つくろうのが、「十月のうさぎ」の給仕長の矜持《きょうじ》だ。

　そういうわけで、その日ノエルが大神に供《きょう》したのは、濃いめのダージリンとバタフライ・ケーキだった。バタフライ・ケーキとは、英国ではフェアリー・ケーキとも呼ばれる小ぶりなカップケーキの頂上部をカットし、そこにバタークリームを絞って、カットした部分を蝶《ちょう》の羽のように飾ったものだ。「十月のうさぎ」では、さらに蝶の羽の上にレモン果汁で溶いたアイシングをとろりとかけて、飾り《ハンドレッツ・》の粒砂糖《アンド・サウザンズ》もトッピングしている。

　バタークリームのこっくりした味わいで、ひとつ食べれば満足感は高いが、小ぶりな菓子だから、さほど腹は膨《ふく》れない。午後の間食にはもってこいの菓子だ。

「お待たせしました」

　銀盆の上に載せた茶器一式と菓子を、ノエルは大神の前に置く。まず彼が注目したのは、一式が同じ柄のセットになっている茶器のメーカーだ。

「国産品だな。タケオ・セトか」

　それを聞き、ノエルは男の意外な博識ぶりに驚き、「よくおわかりですね」と素直に称賛した。

　タケオ・セトは、明治期に当時の政府の国策で立ち上げられた洋食器メーカーだ。当時磁器は外貨を稼いでくれる有力輸出商品だったため、欧米で好まれる色柄を研究しては盛んに作られ、海を渡った。だから同じ輸出磁器でも、日本伝統の金襴《きんらん》・染付《そめつけ》を用いた伊万里《いまり》や有田《ありた》の作風とは違い、東洋趣《オリエンタ》味《リズム》を表に出しておらず、一見して日本製とはわかりにくい。あえてヨーロッパの老舗メーカーとの違いをあげれば、すっきりと余白美を強調したシンプルさだろうか。銘《めい》を確かめずにそれを見抜くとは、この男、あなどれない眼《め》を持っている。

「創業当時の製品は、今では『オールドタケオ』と呼ばれ、アンティークとして愛好されていますが、磁器製造会社としてのタケオ・セトは、今も現役です。お安くはないですが、百貨店などでふつうに購入できますし、これのような業務用の少量生産品も、高級志向の喫茶店などではよく利用されています」

ポットからカップに紅茶液を注ぎながら、ノエルは話を継ぐ。

「ティールームでは、どうしても食器茶器の類《たぐい》は消耗品になりますので……セットの中の何かが破損しても、すぐ注文して補充できるように、国内メーカーの品を使用しています」

「さすがにそこは英国産にはこだわらないか」

皮肉っぽくつぶやいて、大神は紅茶カップに手を伸ばした。砂糖もミルクも入れるつもりはないらしい。

それよりもノエルがおやと注目したのは、カップを持つその手つきだ。ハンドルに指を通していない。

あまり知る人はいないが、紅茶カップは、ひとさし指から小指までをきちんと揃え、親指との間にハンドルをつまむように持つのが正式の作法だ。大きなマグカップで気取らずコーヒーを飲むときのように、指を通してがっしり摑んではいけない。まあ、今は本場英国でも、さすがにそこまで細かい作法を要求されるのは、女王陛下の御前《ごぜん》か、貴族の邸宅で行われる格式の高い茶会くらいだが、それでも茶を飲むときの指先を見れば、その人の素養の程度が知れる、とは言われている。どの程度の教育を受けているか、どのくらいの社会的地位の家庭に生まれたかが、それで量《はか》られるのだ。

カップについた円型のハンドルを見れば、そこに指を通すものと思うのが自然だから、この男はたまたま指を通さないクセを持っているわけではない。それが正式な作法だと知っているのだ。

(長く日本を離れていたと言っていたけど)

アメリカのみならず、本場英国でも、これほど格式の高い作法を身に付けられる場は限られているはずだ。日本で、茶道のお点前《てまえ》を習える場が限られているように——。

などと考えていたら、大神はやおらバタフライケーキを手で掴み、がぶりと噛みついた。驚くほど大きな口。大胆で躊躇のない仕草だ。

だがこれも、実は作法に外れているわけではない。英国式菓子すべてがそうではないが、バタフライケーキなどはフィンガーフードと言って、手で直接持って食べる。あえて言えば、茶器を油分で汚さないよう、カップを持たない側の手を使うのが作法である。大神の場合は右利きだから——。

(ちゃんと左手を使ってる)

サンドイッチ以外のフィンガーフードに慣れない日本人客のために、「十月のうさぎ」では一応フォークも添えているのだが、大神は見向きもしなかった。これはいよいよ——。

「何を見ている?」

急に、男の目がノエルを見上げてきた。黒目の大きな、力強い視線を放つ目だ。

「客をよく観察する目はホテルマンには必須《ひっす》だが、そう凝視《ぎょうし》されるとさすがに居心地が悪い」

「——申し訳ございません」

「ふん」

男は鼻を鳴らして、ケーキの底紙を皿に投げ戻す。

「茶も菓子も悪くはない。それに、この店がそれなりに日本人の嗜好《しこう》に合わせようとしていることも理解した」

「——ええ、それは……」

「だが商売っ気がなさすぎる」

そして大神は言ったのだ。「せめて流行《はや》りの色つきカップケーキくらい置けないのか」と。

それが、ノエルと大神亮との、対決の始まりを告げるゴングとなった——。


——愉快でない回想の終わりと同時に、クランペットを食べ終える。

「ふう、ゴチソウサマでした」

かたん、とフォークを空《から》の皿に置いて、手を合わせ、日本に来てから覚えたもろもろの恵みへの感謝の言葉を述べると、ノエルは出勤の支度に取りかかった。ノエルは職場では制服に着替えるので、身支度と言ってもそれほどがっちりとスーツなどを着込むわけではない。顧客に出勤姿を見られても困らない程度の服装にしておく。

（そういえば）

あの日のあいつは、ずいぶんとご立派なスーツ姿だったな、とノエルはまた思い出した。一見して、生地もシルエットもよかった。どこのブランドだろう。それとも、お仕立て《オーダーメード》だろうか。

何であれ、あれほど高級そうなスーツが似合う体格を持っているのは、男として羨《うらや》ましい限りだ。この年齢になっても縦にばかりひょろ長い少年体形なのは、もしかすると数少ない日本人遺伝子の表出なのかもしれない。街を行くこの国の最近の若者たちは、だいたいがノエルと似た華奢《きゃしゃ》な体格で、あの男のように胸板の厚い立派な体格ではないから――。

そこまで考えて、む、とノエルは口元を曲げた。今朝は起き抜けから、あの男のことばかり考えていないか？　今だって、あからさまに自分は大神の体格を羨んでいた。まだ先日出会ったばかりだというのに、そして明らかにいい感情を抱いていない相手だというのに、あの男のことばかり――。

（駄目だ駄目だ。自分でストレスのもとを増やしてどうする）

職場から離れているときは、仕事のスイッチは切る。それが体調を保つコツだと主治医からも言い含められているというのに、あの男が現れたせいで、最近、バイオリズムがめちゃくちゃだ――。

むかむかとイラつきながら、ノエルは台所に立ち、薬の包装をぱきりと割って、コップに汲《く》んだ水道水で、錠剤を一錠、飲み下した。

（――うまく効いてくれるといいけれど）

今の主治医は理解のある人で、コントロールの難しいノエルのリズムを何とか調整しようと、強弱さまざまな抑制剤を処方してくれる。くれぐれも過剰摂取しないように、と言われてはいるが、今日は強めのにした。きつい発作がくる予感がするからだが、空振りに終わるかもしれない。でも、みっともない発作でのたうち回るよりは、副作用が出るほうがいくらかマシだ。ことに、あの男がいる場所では――。

案の定、むずむずし始めた尾《び》てい骨《こつ》のあたりをスラックスの上からさすって、ノエル・ブラウン＝森野は通勤カバンを取り上げた。その中にも、実はひそかに大きめのピルケースが入っている。

（いいことじゃないのはわかっているけれど）

ただでさえ、ノエルのような「厄介《やっかい》な性質」を抱えた人間――もとい、獣人を雇ってくれる職場は少ないのだ。もしあの男が、「ナーサリーライム」を俗っぽい歓楽ホテルに変え、「十月のうさぎ」を流行りのけばけばしい菓子を並べたパーラーにしようとしても、的場がオーナーでいる以上は、ノエルには辞職するという選択肢はない。だからこそ、「ナーサリーライム」を、今の楽園のように閑雅な場所のままにしておきたい。

闘わなくては、とノエルは思った。あの男とは、とことん闘わなくては。

そのためには、常にしゃっきりしていなくてはならない。ノエルはぴたん、と両頬《りょうほお》を張り、自室の玄関ドアを開けた。

◇　◇　◇

大神亮の新しいボス、的場孝太郎は、先代のオーナーとは血縁関係がなかったが、先々代である創業者とは祖父と外孫の関係にあたり、趣味嗜好はその祖父ゆずりだそうである。

だからというわけでもないだろうが、オーナールームで摂《と》る朝食も、たっぷりのミルクティーと、カリカリに焼いて三角形に切り、それ専用のスタンドに立てた薄いトーストに、マーマレードを塗りたくったもの、という英国風だ。そのマーマレードも、女王陛下御用達《ごようたし》の、カラメルペースト入りの真っ黒い特製のもの、という凝《こ》りようだった。ちなみにこの黒いマーマレード、日本で入手した場合、ひと瓶《びん》約二五〇〇円はする。

何もそんな値の張るものを買わずとも、日本のメーカーだって、このごろは地方特産のオレンジや柚子《ゆず》を使って、なかなか凝ったものを作っているのに、わざわざ英国産のものを調達するとは、酔狂にもほどがある——と、大神は思った。彼にとっては、銘柄や産地がどこであれ、マーマレードはマーマレードで、それ以上でも以下でもない。

「何だい、じーっと見て。あ、きみも食べるかい？　一枚分けてあげようか？」

「結構です」

空腹の小学生相手のような物言いをされて、大神はにべもなく拒絶した。的場は別に気を悪くした風でもなく、「そう？」と小首をかしげ、大神に勧めたばかりの三角形に齧《かじ》り付く。薄くスライスして焼かれたトーストが、ぱりっ、と小気味のいい音を立てる。

「それで、どう？　ノエル……森野くんとは、うまくやれているかい？」

大神は小さく首を左右に振った。

「さあ……まだ何とも答えようがありません」

「そうかい、じゃあ聞き方を変えよう。あの子とうまくやれそうかい？」

あの子、という呼び方に違和感を感じつつ、大神は「なかなか難しそうです」と答えた。

「先日も『十月のうさぎ』に流行りのニューヨーク風カップケーキを置く置かないで、ずいぶんと言い争いになりました」

「ニューヨーク風カップケーキ！」

的場はぶはっと噴《ふ》き出した。トーストのかけらが机の上に飛び散る。ホテルマンのくせに、行儀《ぎょうぎ》の悪い人だ。

「あの、ハリウッド映画だかネット配信のドラマだかに登場して、世界中で流行りだしたってやつかね？　ピンクだのムラサキだの、やたらにデコレーションの可愛い、食べ物っていうより、おもちゃみたいな外見の」

「それです」

「そりゃあ大神くん、いきなりそんな大難関から挑んだって、あの子は落とせないよ」

的場は可笑《おか》しそうだ。

「ああ見えて、彼はこの老舗ホテルの歩く看板。英国式の伝統と格式の権化《ごんげ》なんだから」

大神はむかっといら立ちを覚えた。このホテルを改革しろと言ったのはそちらなのに、何を他人事のように。

「お言葉ですがオーナー、彼——森野くんは、『あなたのホテル』の従業員です。あなたがひと言、彼に『大神の指示に従ってやり方を改めろ』と命じれば——あるいはわたしに、問答無用であのティールームを大改革する権限を与えてくれれば、骨折って説得などせずに済む。なぜそうしてくれないのですか」

「なぜって、わたしがそういうやり方は好かないからだよ」

物柔らかに、だが一刀両断に、的場は言ってのけた。大神は啞然《あぜん》とした。言葉つきのやさしさに騙《だま》されるが、「わたしが好かないがゆえに、そうしない」とは、ビジネスマンではなく、独裁者の物言いだ。

大神は改めて、えらいところに来てしまった、と思った。ここは古めかしい王国だ。この男は、この古いホテルに君臨する王なのだ。このホテル「ナーサリーライム」では、すべてがこの男の意志ひとつで決定されるのだ。何て非効率的で前時代的な——。

「大神くん、あのね」

柔和な独裁者は、ブレックファーストティーを傾けながら、言った。

「わたしが望むのは、ラスベガス仕込みのきみと、このホテル生え抜きの森野くんとが議論を重ね、意見を闘わせて、よりよい『ナーサリーライム』の将来を作っていってくれることだ」

的場が姿勢を変え、椅子がぎっ、と鳴る。

「森野くんは優秀なスタッフだが、いかんせんこのホテルに愛着を持ちすぎていて、改革向きの人材じゃない。それはこのわたし自身も同様だ。このままではじり貧だとわかってはいても、祖父が創業したこのホテルを、そう大胆にスクラップアンドビルドする度胸はない。誰か、このホテルに新しい風を吹き込んでくれそうな、最新の業界事情に通じた刺激的なビジネスパーソンはいないか、と探していたとき、きみという人を知って、ピンときた。きみと森野くんを会わせれば、何か面白い化学反応が起こるんじゃないか、とね」

わたしの勘は当たるんだよ、と的場は言った。半笑いの表情だったから、どこまで本気の言葉だったのかは大神にもわからない。だが。

(勘、だと……？　そんなもののために、おれはこんなところへ連れてこられたというのか……？)

大神は唇を噛んだ。

大神亮のグループ本部での出世は、異数《いすう》と言われるほどに順調だった。近々モナコ、あるいはモンテカルロのホテルの歴代最年少責任者になることも内定していたし、最終的にはベガスの本店で、巨大グループの頂点を極めるのが目標だった。

それが、こんなしけた、部屋数三〇余りしかない老舗ホテルに引き抜かれてきて、やっていることと言えば、青い瞳の、まるでビスクドールみたいな優男《やさおとこ》を相手に、カップケーキがどうのこうのというせせこましい議論だ。ベガス時代の同僚の中には、巨大ビジネスのシビアな世界に疲れ、人生をリセットしたくなって早期リタイアしたり、まったく畑違いの零細業に転職して、閑雅な暮らしを手に入れたりする者も珍しくなかったが、大神はそうではない。業界の頂点まで出世したかったし、最後まで世界をまたにかける仕事を全《まっと》うするつもりだった。それが、こんなことになってしまったのは、目の前のこの男が、あんな交換条件を出してきたからだ――。

「大神くん」

的場がわざとらしく上目遣いに大神を見上げてくる。

「わたしを恨んでいるかい」

「――いいえ」

無味乾燥に、大神は答えた。

「嘘なんて言わなくていいんだよ？　勝手にきみの家族を調査したことも含め、何かと思うところはあるだろう？」

的場が苦笑ぎみに言ったが、これは「怒らないから正直に言いなさい」というやつだろう。安易に信じてはいけない。

大神はひとつ息を吸い、慎重に吐き出した。

「あなたから持ちかけられた取引に応じると決めたのは、わたし自身が熟慮して下した判断です。あのとき、わたしが決してはねつけられないであろう条件を、あなたが持ちかけてきたことについては、まあ……思うところはありますが、卑怯《ひきょう》だとか汚いなどとは思っていません。相手のことをよく調べ、弱みを突いて色よい返事を引き出すのは、ビジネスの世界の常道だ」

だから恨んでなどいない。少なくとも、恨みを仕事に持ち込む気はない。そう告白すると、

「まあこっちも、きみにとって悪い話を持ちかけたとは思っていないがね」

的場がパンくずを胸元から払いながら、しらりと言う。これは本心だろう。冷徹というのとは違うが、どうにも食えない人だ。

「で、どうだね『彼女』の様子は。落ち着いたようかい？」

「ええ、おかげさまで。どうにか……」

大神がやや穏やかな声音で告げようとしたとき。

コンコン、コンコンと、正式な四連打のノックの音が響いた。

「どうやらわがホテルの看板息子がやってきたようだよ」

声を低めてそう囁《ささや》いた的場の、入りなさい、の声に応じてドアを開いたのは、噂の英国産美青年・ノエルだった。その青い瞳が大神を見て、驚いたように、あるいは怯《おび》えたように震えている——。

◇　◇　◇

「アフタヌーンティーを変える？」

ノエルは男の言い出したことに驚き、目を見開いた。

「ああ、まずは手始めに」

参考資料だ、と大神が差し出してきた雑誌には、都内の某ホテルで、少し前まで行われていた、今シーズンのアフタヌーンティー情報が、カラフルな写真つきで紹介されている。

「……桜ですか」

「桜だ」

この国の三月下旬から四月上旬を彩《いろど》る、淡いピンク。

日本人に愛されてやまないその花をイメージしたフィンガーフード類が、アフタヌーンティーと言えばおなじみの三段スタンドに飾り付けられている。プティガトー。エクレア。マカロン。ヴェリーヌ。カナッペ。サンドイッチはトーストパンではなく、ベーグルをカットしたものを、ずれて型崩れしないように、和風の青竹のトゥースピックで留めてある。どれもが桜色、もしくは桜の花の塩漬けをあしらっていて、とどめはお茶までが、ホテル特製の桜フレーバーという徹底ぶりだ。テーブルクロスや食器も、おそらくは桜の季節にしか使われないのだろう色柄のものだった。テーブルの背景も、ホテルの庭かどこかなのであろう、満開の桜の木。

ノエルは感じたところを素直に述べた。

「写真を撮るときに粉飾したのかもしれませんが、それにしてもこれは、ずいぶんとフォトジェニックさを意識していますね。ここまでくると、ちょっとやりすぎというか……」

大神はそれを、頭から否定はしなかった。

「春先の日本人の桜の花への偏愛ぶりは、千年からの歴史があるからな。その心情を情景化すれば、まあこのくらいにはなるだろう」

ノエルと大神の会話を自分の席で聞いていた的場が、「世の中に絶えて桜のなかりせば」とつぶやく。

「春の心はのどけからまし……でしたか？」

大神があとを引き継いだのを、的場はにんまり笑って「正解」と告げた。

「森野くんのために解説しておくとね、これは『桜というものがこの世になければ、春のこの時期も少しは落ち着いて過ごせるのになぁ』という嘆《なげ》きの古歌さ。詠《よ》み人は――えーと、誰だっけ？　藤原《ふじわらの》俊成《しゅんぜい》？」

「在原朝臣業平《ありわらのあそんなりひら》です」

「おう、あの色男か」

的場がぱんと膝《ひざ》を打つ。そして、「ちはやぶる」も確か業平だよな、とノエルには理解できない知識を披露《ひろう》する。

「からくれなゐに水くくるとは――。桜と紅葉の両方で人口に膾炙《かいしゃ》する名歌を遺《のこ》すなんて、さすが天下の色好み――いや、今はそんなことはどうでもいいな」

続けたまえ、と的場が促す。大神はうなずき、ノエルに向き直った。

「森野くん、オーナーが言いたいのはだな、ことほどさように、日本人にとって季節の情景は大切なものだ、ということだ。業平の古歌も、『桜さえなければ、のどかだろうなぁ』と嘆いてみせながら、その裏で『桜が咲く季節の、人の心の浮きたちぶり』を詠んでいる」

「——それと、何の関係が？」

「対してこれが、うちの、『十月のうさぎ』で提供しているアフタヌーンティーだ」

大神が持ち出してきたタブレットには、インターネットに常時掲載されている「ナーサリーライム」のホームページが映っている。レトロホテルに見えて、ここは全館Ｗｉ－Ｆｉ環境が整っているのだ。

大神が整った指先ですいすいとタブレットを操作すると、三操作くらいで「至高の本場英国式アフタヌーンティーを」という表題のページにたどり着く。

まずタケオ・セトのティーセットが一式。三段スタンドはなく、三枚の皿にそれぞれ、ホワイトとブラウンの食パンを使ったキュウリのサンドイッチ。英国直輸入のクロテッドクリームとイチゴジャムを添えたナプキン包みのスコーン。キャロットケーキ、パヴロヴァ（焼きメレンゲのベリー類載せ）、ブラマンジェ（アーモンド風味のミルクババロア）が並ぶ。

「本格英国式が看板、それはいい。だがあまりにも季節感がなさすぎないか」

「……っ」

ノエルはタブレットを覗き込んでいた身を引いた。なるほど、そこからくるか。

「つまりこちらの雑誌のような、春夏秋冬を意識したイベント的なアフタヌーンティーの提供を始めようと？」

「始めれば、宿泊客以外の客足も見込める。今の『ナーサリーライム』は、常連以外の客を排除しすぎている」

「うちだって、宿泊のお客さま以外をお断りしているわけではありませんよ。アフタヌーンティーのご提供には、事前にご予約をいただいていますが、それはどこのホテルもそうですし、それ以外のメニューは立ち寄りのお客さまにもお出ししています。決して排除しているわけでは……」

「そうは言うが、『十月のうさぎ』は、フロント前を通らなければ入店できない構造になっているだろう。あの店構えでは、よほど通い詰めた顧客でない限り、気後《きおく》れしてティールームにまで足を運べない。通りすがりの客が、ちょっと紅茶とお菓子を、という雰囲気でなければ、新しい客層は増えないぞ。広告を出してイベントを打てば、その点は少し改善できる」

「ですが……」

ノエルは騒がしくきゃあきゃあ声を上げる女性団体客や、料理や菓子が運ばれてくるたびに、スマホを取り出して喜色満面に写真を撮る、場の振る舞いを心得ない客でいっぱいになった「十月のうさぎ」を想像して、げんなりとした。そんなことをしたら、この「ナーサリーライム」が、その辺にある下世話なイベントホテルに成り下がってしまう。

「うちのアフタヌーンティーは、そもそも宿泊のお客さまに、お部屋の用意が整うまでの間、くつろいでお待ちいただくためのものです。今流行りの、若い女性ウケするイベントを持ち込んで、『ナーサリーライム』の静けさや落ち着きを愛してくださるお客さまに、ご迷惑をおかけするわけにはいきません」

雰囲気を壊したくない、という意味のことを、ノエルは熱弁した。

「だいたい、今どき猫も杓子《しゃくし》も参入しているアフタヌーンティーのお客さまの奪い合いに、今さら『ナーサリーライム』が押っ取り刀で参加したところで、どれほどのパイを切り取れるとお思いですか？　準備に投資した資金を回収できる見込みは？」

「もちろん、ある。緻密《ちみつ》に計算した上での提案だ」

強引なほどの断言だった。だがその根拠を大神が説明するより先に、ノエルはきっぱりと告げた。

「たとえそうでも、下手に新参のお客さま欲しさに世間に媚《こ》びたりせず、うちは、うちの常連のお客さまを大切にしていくべきです。そうでなければ、『ナーサリーライム』の個性が失われて……」

「森野くんは凄《すご》いねぇ」

的場が、妙に嬉し気なほくほく顔で口を出してくる。

「今どき『猫も杓子も』だの、『押っ取り刀で』なんて日本語、日本人だってそうそう使いこなせないよ」

「オーナー……」

ふうっ、と、期せずして同時に、大神とノエルの口からため息が漏れた。この人はまったく、何を考えているのだ？　ふたりが熱く議論を重ねているときに、のんきに水を差したりして。

などとふたりが同じことを感じている間に、的場は「ふんっ」と息を吐き、両手を組み合わせた。何をする気だ、と凝視している大神の目の前に、突然、一本のバラの花がぽんっと現れる。

男らしく凜々《りり》しい大神の顔が、驚愕で固まっている。それが愉快でならない、という風に、バラを差し出した的場は歯を見せて笑った。

「さあ、今日はここまでにしておこう」

手品を趣味にしている「ナーサリーライム」オーナーが告げる。

「そろそろチェックインのお客さまがおいでになる時間だよ。森野くんはティールームへ行って準備をしたまえ。大神くんには、これをあげよう」

すっ、とマジシャン顔負けの手つきで、的場はバラを大神のスーツの襟元《えりもと》に差す。濃いクリーム色に、ピンクの差し色が刷《は》いたように乗っている一輪は、大神のたくましい胸板に、文字通り花を添えた。

「そのバラの品種名は、『ナーサリーライム』。このホテルと同じ名なんだよ」

的場はさらりと告げる。

「先代がまだ若いころ、常連客にとあるバラの品種改良家がいてね。先代の就任祝いにと言って、自分が作出《さくしゅつ》したバラに、このホテルにちなんだ名をつけてくれたんだそうだ。彼女へのプレゼントにでもするといい」

ノエルは思わず大神の顔を見つめた。仕事上の議論に水を差されたと怒るか、それとも毒気を抜かれて唖然としているか、と思ったその顔は、意外なことに、何やら真面目《まじめ》に思案しているように見えたのだ。

「はい、そういたします」

彼はバラの花の差された胸ポケットを、そっと押さえ、「ありがとうございます」と告げた。

ノエルはぎょっとする。

ふだんは傲慢そのものの大神の表情、そしてその仕草から、思わぬ「やさしさ」が匂い立ってきたからだ。

(――こんな顔のできる男だったのか)

おそらく本当に、そのバラはどこかの女性にプレゼントされるのだろう。

ノエルは面白くない思いに口元を曲げた。その人へのやさしさの万分の一でも、この美しいホテルに愛着を向けたらどうなんだ?

そのいら立ちは、思いもかけず深くノエルを苛《さいな》んだ。くらりとめまいがする頭を押さえて、ため息をつく。

(仕事に入る前に、もう一錠追加だな――)

お客さまに、少しでも不調やいら立ちを悟られてはならない。

ノエルは不愉快な「感じ」を、無理やり振り払おうとした。

◇　◇　◇

大神は、的場に与えられたバラ「ナーサリーライム」を大事に手に持ち、エレベーターでホテルの五階を目指していた。

エレベーターのデザインは例によってアール・デコ様式で、入口上の表示板も矢印が数字盤の上をゆっくりと回転しながら通過階数を表示していく古風なものだ。さほど遠くない昔まで、この箱の中には常に運転手がいて、客が乗るたびに手動で動かしたりしていたというから、恐れ入る。

「古き良き情緒《じょうちょ》、か――」

それ自体は、経営上決して邪魔なものではない、と大神は思う。この古い建物に漂う閑雅さ、そして積み重ねてきた歴史は、大いにこのホテルの看板になってくれている、唯一無二のものだ。だが、それを愛してやまない顧客層は、すでに高齢だ。いずれ順次この世から去っていくだろう。若い世代の顧客を開拓していかなければ、「ナーサリーライム」に未来はない。

チン、と古風な音を立てて、エレベーターが停止する。

五階は、エレベーターが到達することのできる最上階だ。だがしかし、このホテルには、階段でしかのぼれない階層がもう一階存在する。

大神はそこを目指して、赤い絨毯《じゅうたん》敷きの廊下を歩いた。手元でまだ瑞々《みずみず》しさを保っているバラが花弁を震わせている。

赤い廊下は重厚な片開きのドアの前で尽きた。そのドアには、「特別室　The Queen of Hearts《ザ・クイーン・オブ・ハーツ》（ハートの女王）」と刻まれた真鍮のプレートが、鈍く光っている。

「ハートの女王、か……」

ホテル名「ナーサリーライム」は、直訳すれば「子ども部屋の謡《うた》」を意味する歌集の名だが、「ハートの女王」はそれに所収されている古い童謡の一節だ。引用としては、なかなかしゃれている。

「ハートの女王、タルトを焼いた。ある夏の日に、晩までかけて……」

大神は英語の素朴な歌を口ずさむ。「タルトを焼く女王」が、何となく茶髪碧眼《へきがん》の誰かを思い出させるのが可笑しくて、微笑する。彼が男性なのは百も承知だが、あの美貌と、気位の高さを表す白銀の額には、つい「女王」という称号を贈りたくなる。

「ハートのジャック、タルトを取った。全部残さず持ってった。ハートの王さま、タルトを返せとジャックをさんざんムチ打った……」

歌いながら、ノブをひねってドアを開く。すると目の前に、中途で左に折れ曲がった階段が現れる。

この構造では、サービスマンやメイドもなかなか部屋の主《ぬし》に会うことができない。おそらくその昔は、偏屈《へんくつ》な作家先生のおこもりに都合がよかったのだろう。だが今は、ベッドメイクひとつするのにも労力がかかるため、インターネットの旅行サイトなどからは予約できないようになっている。よほど昔からの常連客か、その口利きがなければ、部屋の存在自体知られることがない「幻のスイートルーム」だ。

大神は躊躇なくそのドアを通り抜けた。なるべく音を立てないように閉じて鍵をかけ、足音を潜《ひそ》ませて計一二段ほどの階段をのぼる。

そこには、それほど広くはない、けれど居心地のよさそうな部屋があった。家具はどれも落ち着いた色合いの木製品。テラスにはこんもりと樹木が茂り、竹筒から水の落ちる信楽焼《しがらきやき》のつくばいが置かれている。

そして、こちらに背を向けた安楽椅子に端然《たんぜん》と座る女性の後頭部が見えていた。一見して白髪が多く、その後ろ姿は高齢女性にも見える。

そしてその頭に生えた、ふたつの、大ぶりな純白の耳は、犬、ないし狼《おおかみ》のものだ。

その姿を見て、大神は口元を緩《ゆる》めた。ノエルがそのさまを見たら、この男がこんな表情を、とぎょっとしただろう。

的場から贈られた、「わらべ歌《ナーサリーライム》」というやさしい名の美しいバラを、卓上の花瓶に差す。

そして大神は、白髪の女性を背後から抱きしめた。愛しさをこめて、獣耳の生えたその頭に頬ずりする。

「――母さん……」

「……り、り、ょ、う？」

どうしたの、と小首をかしげるような風情《ふぜい》で、つたなく手を差し伸べて大神を撫《な》でようとするのは、老婆のような白髪とは裏腹に、まだそれほど老齢ではない中年女性だった。おぼつかない仕草に震えるその手を、大神はしっかりと握りしめる。

すると婦人が肩にかけたストールを留めたブローチが、きらりと緑色の光を放った。大きなグリーンの石。エメラルドだ。婦人の出自《しゅつじ》を想像させる豪華な品だが、それ以外に身を飾るようなものを、彼女はいっさい身に着けていない。

「大丈夫――何でもないよ」

安心させるように、大神は囁く。

白髪の女性は、名を大神聖子《おおがみせいこ》という。正真正銘、大神亮を産んだ母親だ。父親は、というと、名は知っているが、会ったことはない。物心つくころには、すでに聖子と息子を捨てて姿を消していた。

父が不実な男だったというより、因習的な田舎《いなか》で、自由に愛し合う者同士が添い遂《と》げるのは、まだ若く無力な男女には難しかった、というだけのことだろう。

大神は母親を抱きしめながら、ローテーブルの上を見やる。そして、おや、と眉を上げた。

「お茶とお菓子は気に入らなかったのかい？　全然手がついてないじゃないか」

そこには、すっかり冷めてしまったミルクティーと、きれいに焼き目がつき、中腹がぱっくりと割れたイギリス名物の軽食、スコーンが、薄黄色いクリームと小さなジャムの瓶とともに置かれている。このホテルご自慢のルームサービスメニュー、「クリームティー」だ。

ついい、あのノエルという青年の顔が浮かんだ。この光景を見たら、きっと怒って不機嫌になるか――いや、たぶん、悲しんでしょんぼりするに違いない。その様子を想像して、何となくいても立ってもいられなくなり、大神はテーブル上のセットに手を伸ばした。

「クリームティー、ってルームサービスのメニューに書いてあったから、てっきりウインナコーヒーの紅茶版みたいなものかと思っていたら、全然違って驚いたよ。ほら見て、母さん」

大神の手が、薄黄色いクリームを取り上げて示す。

「これはクロテッドクリームって言うそうだ。食感は、生クリームとバターの中間くらいかな。こう、スコーンを横一文字に割って……」

芸術的なまでに見事に膨張して焼きあがっているスコーンは、手だけで簡単にぱっくりと上下ふたつに割れる。

「この割れ目に、ジャムといっしょにこってり塗って食べるのがイギリス流なんだそうだ。少しだけでも食べてみないか？」

「……」

息子の手が動く間も、母の反応はほとんどない。ただじっと、双眸《そうぼう》を見開いている。

「そう言えば、イギリスに出張したとき聞きかじったんだけど、このスコーンの腹の割れ目のことを『オオカミの口』って言うそうだよ」

因縁《いんねん》だな、とつぶやき、くすっ、と肩をすくめて笑う息子を、母は身じろぎもせず見つめている。

「――なあ、母さん。おれ、さっきそんなに心配させるような顔してた？」

テラスのつくばいから水音が響き、アンティークのデスクの上、一輪挿《ざ》しに活《い》けたバラが、気高く香っている。

「どうしてかな。最近、何を考えていても、いつの間にか、あの青い目の坊やのことを連想してしまうんだ――会うたびに、ムカついて腹が立つ相手なのに」

「……」

なおも何か言いたげにもじもじしている聖子の頭には、大ぶりな白い獣耳がふたつ、ぴくぴくと神経質そうに動いている。

さらに、腰かけた安楽椅子の座面の横手からは、ふさふさとした白い尻尾《しっぽ》までが垂れ下がり、物憂《ものう》げに揺れていた。

大神は手を伸べて、母の白髪から飛び出た大ぶりの耳に、そっと触れると、それは、ぴくっ、と反応した
「大丈夫だ――もう何も心配しなくていい」

息子は母に力強く告げる。

「ここは……母さんの隠れ家は、おれが守る」

あの意固地な茶髪の坊やには、到底わからないだろう。大神にとって、このホテルが経営的に安泰であることが、どれほど大事なことか。この安息の場が、この不遇な獣人の母の居場所として保たれることを、大神がどれほど熱望しているか。

「それには、何としてでもあの坊やを説得して、このホテルの古臭い経営方針を改革しないと……」

さて、いったいどうするべきか……と、ぶつぶつとつぶやき始めた息子を、大神聖子は小首をかしげ、不思議そうな、不安そうな表情で眺めている。その頤《おとがい》の下で、大きなエメラルドの粒が、きらりと神秘的な光を放っていた。

◇　◇　◇

夜陰《やいん》、悪夢の中で、男のだみ声が、ノエルを罵倒《ばとう》する。

『ふざけるな！　何がお客さまとの個人的なおつきあいはお断りいたしますだ！』

——ガシャーン、と、茶器のセット一式がすべて、床に叩きつけられる。

『知っているぞ！　お前が本当は……だって！　その頭の中が、どんなにいやらしい願望でいっぱいなのかって！　知っているぞ！　みんな知っていて、内心でお前を軽蔑《けいべつ》しているぞ！』

「やめて、やめてぇ！」

磁器が粉々に砕けるその音を夢の中で聞き、ノエルは「ひっ」と乾いた悲鳴を上げて飛び起きた。

時刻は、真夜中だ。とっぷりと深い闇に沈み込んだ周囲の景色が、見慣れた自分の寝室だと確かめて、ノエルは安堵《あんど》の息を吐いた。

（……うわ、嫌な汗）

桜はもう散ったが、季節はまだ熱帯夜に悩まされるまでには移ろっていない。それでもノエルが寝汗に濡れているのは、それだけひどい悪夢を見たせいだ。

——悪夢……？　いや、あれは夢や幻なんかではない。あの皿やカップが一度に床で砕かれる音は、もっと確かな正体を持った、過去の経験の再現だ。

「っ……！」

ノエルは、今現在聞こえるはずもないその音から自分を守ろうとして、両手で耳を覆った。そんなことをしても、その音はノエルの脳裏に刻み込まれているのだから、聞こえなくなるはずもない。それでも、ノエルは身を丸め——しばらく動かなかった。

「——っ」

すると、手で覆っている両耳のあたりが、かっ、と焼けつくような熱を持ち始める。みぞおちの奥がむずむずし始め、尾てい骨のあたりにも違和感が生じている。駄目だ、昼間あんなに飲んだのに、やっぱり抑制剤が効いていない……。

（でも、これ以上飲むのは、さすがに——）

抑制剤の副作用に、悪夢を見る、というのがある。以前からよく、けれど最近ほど頻繁には見ていなかった過去の夢が、こうもはっきりと現れるようになったのは、明らかにそれが原因だろう。ノエル自身の体が、もうこれ以上はよせ、と警告しているのだ。

「仕方がない……」

今夜はもう、薬は服用できない。効果のほどは心もとないが、何か温かいものを飲んで、心を落ち着かせるしかない。

「ルイボスティー……いや、ホットミルクにしておこう……」

ベッドを出て、ぺたぺたとはだしで歩き、キッチンの小さな照明をつける。

マグ一杯のミルクを電子レンジにかけると、日本製の優秀な家電製品は、温め終えるまで一分五〇秒、と表示してくれた。

一分五〇秒。何もせずに待つには長い時間だ。ついついノエルは、不毛な物思いに沈んでしまった。

――まだ「森野」を名乗る前。イギリス国籍の青年ノエル・ブラウンは、親類の女性が経営していた田舎のティールームを譲渡された。二〇歳になったばかりのころだ。

あの当時、ノエルは人間関係に疲れ、大学を中退する羽目《はめ》になり、ひどく心が傷ついたまま、将来のあてもなく、ただぼんやりと生活していた。

『ねえあなた、やってみない？　大学をやめちゃったからって、家で引きこもっていても仕方がないでしょう？』

イギリスでは、多くの人が六〇歳を機に仕事を引退する。ビジネスマンだけではなく、自分で商店を経営している人などもそうだ。ティールームやパブ、B《ベッド》&B《ブレックファスト》なども、より若い経営者に譲《ゆず》られたり、売却されたりする。親戚の女性とノエルもそういう、よくいる平凡な引退者と後継者だった。

前経営者の親戚の女性は、引退を前に、ほとんど一年かけて、ノエルにティールームのノウハウを叩き込んでくれた。紅茶の淹れ方。スコーンの焼き方。ホームメイドの、質のいいクロテッドクリームや、ジャムの仕入れ先。種々のパイやケーキのレシピ。その洗練されたサーヴィングの方法。

『ところでアフタヌーンティーのサンドイッチの具が、必ずキュウリなのはなぜか知っている？　ノエル』

『さあ、考えたこともありませんでした』

『ふふ、今でこそ輸送技術が発達して、海外産のものも入手が容易になったけれどね、その昔、アフタヌーンティーの習慣が始まったヴィクトリア朝のころは、自宅の庭に温室を持つ高位貴族か大富豪くらいしか、新鮮なキュウリを食べられなかったの。イギリスの気候では露地《ろじ》栽培は不可能だからね。だからキュウリのサンドイッチをお客さまにお勧めするのは、かかる費用を惜しまない、最上のおもてなしだったの――その精神を、今も伝えている、ということね』

ヴィクトリア朝以来の正統派を自任する彼女のティールームは、地元の人々に愛され、繁盛《はんじょう》していた。遠くから噂を聞きつけ、わざわざ訪ねてくる人もいた。

だが、その師匠が本格的に引退し、ノエルがひとりでティールームを切り回し始めたころから、何かがおかしくなり始めた。

まず、ティールームを訪れる客に、あからさまにノエルが目当ての者が増えた。ノエルは若く、しかも折り目正しく感じのいい美青年だから、女性客が増えるのは当然の成り行きとしても、最初から不穏《ふおん》な気配を漂わせた男どもが連日押しかけてくるのには、ほとほと閉口させられた。

電話番号を書いたメモを押し付けられるのは序の口。初対面なのにいきなりデートやディナーに誘われるのは日常茶飯事。突然キスやハグを求められて、からくも逃げ出すことが週に何度もあるときては、さすがに異常がすぎる。

『ノエル、悪いことは考えたくないがね、こうなったらロンドンの大きな病院で診察してもらいなよ。もしあんたがそうなら、一刻も早く薬を飲み始めたほうがいいからね』

そのころには、近隣の住民たちもノエルも、ある可能性を想像せざるを得ない段階にきていた。もっとも、近隣の者たちが本心から案じていたのは、ノエルの身の安全ではなく、彼らが居住する田舎町の治安と、これから順次思春期を迎えていく町の子どもたちへの影響だったが——。

そして——結果は陽性だった。

ノエルは、獣人としての遺伝子が目覚め始めていたのだ。それも、獣人の中でももっとも厄介とされ、蠱惑的《こわくてき》なフェロモンをまき散らして人を惑わすという、あの——。

チーン、と電子レンジが鳴る。

熱々に温まったミルクのマグを両手で持ち、ノエルはひとり食卓につく。

こくり、と一口飲んだその側頭部からは——。

茶金色のビロードのような毛並みと、愛らしい形を持つ、うさぎのロップイヤーが、抑制剤の効果を押しのけて出現し、垂れ下がっていた。

「ああ、やっぱり……薬効が薄れているなぁ」

こんなものが出てしまうなんて、と、自分の垂れ耳を両手で疎《うと》ましく摑みしめる。

獣人の中には、完全に獣そのものの姿に変化してしまう者もいるが、ノエルはそうではない。だが、うさぎの本能のほうは、濃厚に出てしまう傾向がある。

——そしてそうなると思い出してしまうのは、やはり、白磁のティーセットが床に叩きつけられる、ガッシャーン、というあの音だ。

『やめて、やめてください、やめてぇっ！』

ある日、ノエルはしつこく執着してくる近隣の男に拉致《らち》された。彼は、ノエルがうさぎ獣人であることも、世間に喧伝《けんでん》されるその淫乱ぶりも知っていたのだ。『だからそうすれば喜ぶだろうと思った』と、後日警察で供述したそうである。ノエルは男の家の地下室に監禁され、徹底的に痛めつけられ……る寸前で、からくも救出された。

イギリスの古き良き田園にあるティールームを視察に回っていた日本人ホテルオーナーが、砂塵《さじん》をあげて走り去る車と、荒らされ、経営者の姿もない店内に異常を感じ、すみやかに地元警察に記憶していた車のナンバーを通報してくれたのだ。そうでなければ、ノエルはおそらく……。

(犯されて虐待されて切り刻まれて、最後はシチューかパイの具だったかもな)

ピーターラビットの父親の運命を連想して、ノエルは震えつつもくすっと笑う。

返す返すも、的場孝太郎にはあのとき以来、世話になりっぱなしだ。入院したノエルをわざわざ見舞ってくれ、身の上話を聞いてくれた上で、ノエルが自分の体に流れるわずかな血への思慕《しぼ》から日本語をマスターしていると知ると、すかさず自分の経営するホテル「ナーサリーライム」に誘ってくれた。『獣人だということが明らかになった上に、こんな陰惨な事件になった以上、狭い田舎町で、ティールームを経営しつつ暮らすのはもう難しいだろう?』という言葉が、ノエルの心を決定的に動かした。

あの、掌《てのひら》からバラの花を出すマジックを初めて見たのも、あのときだ。

的場は、ぽんっと空《くう》から取り出したかのような一輪のバラ——やはりクリーム色に可憐《かれん》なピンクを刷いた「ナーサリーライム」だった——を、病院のベッドの上のノエルに差し出しながら、やわらかな声で告げたのだ。

『さあ、おいで。かわいい子《マイラブリー》。今日からきみは、うちの子だよ』

やさしい言葉に、長らく周囲の人々の困惑と好奇に取り囲まれていたノエルは、滂沱《ぼうだ》の涙を流したのだった——。

あの日あのときから、ホテル「ナーサリーライム」は、ノエルの安全な居場所となった。

トラブルへの恐れから、フェロモンを放つ性質のある獣人を雇い入れてくれる職場など滅多にない中で、的場に出会えた自分は本当に幸運だ……とノエルは思っている。

「……守ってみせる」

ノエルは温かいマグに爪を立てながら、誰に聞かせるでもない、誓いの言葉を口にした。

守ってみせる。あの大神という男が何を言ってこようと、「ナーサリーライム」は、「十月のうさぎ」は、ぼくの居場所、ぼくの大切な隠れ家、ぼくの巣穴だ。誰にも、手は出させない。

茶色いロップイヤーが、顔の両側でゆらゆらと揺れた。

「は？」

スコーンを焼くオーブンを覗き込んでいたノエルは、思わず頓狂《とんきょう》な声を上げて振り向いた。

そこには、今日も変わらず自信に満ちあふれた不愉快な男の、頑強で堂々とした体が、厨房《ちゅうぼう》の真ん中に壁のように立っている。

「だから……いいホテルがあるから、おれと一緒に行ってみないか、と言っているんだ」

ノエルの反応の鈍さに、大神亮は少々じれったそうなそぶりを見せる。ノエルの中のうさぎの本能が、びくん、と震えた。

――悔しいが、実を言うと、相手が頑強な若い男、というだけで、ノエルは少し怖い。過去に巻き込まれた事件を、どうしても思い出してしまうからだ。

おまけに今、この男は、何と言った？

「……ぼくと、あなたが」

びくびくしつつ、ノエルは目を泳がせて答える。

「いっしょにホテルに行って、何をするつもりですか……？」

ほかにスタッフもいる「十月のうさぎ」の厨房に、シーン、と妙な沈黙が下りた。誰もかれも動きを止め、こちらを凝視して、カタリとも音を立てない。

今は開店前の時間で、みな忙しい。ノエルもこのスコーンを焼きあげたら――ティールームの顔であるこれだけは、調理人に任せず、自分で焼くことにしている――今度はテーブルセッティングの点検に回る予定だ。そんなせわしい時間が、一瞬にして凍り付いた。

「あ……」

何やら大きな失敗に気づいた、という風に、大神が顔色を変える。

「あ、いや、誤解しないでくれ。これは、そういう意味の誘いじゃない」

「……」

「お互いの後学のために、よそのホテルのティールームを見に行ってみないか、という誘いだ」

「……」

凍り付いていた空気が、一瞬にして氷解する。ああ、何だ。そういうことか――。

「……いや、すまない。誤解させたのは、おれの言い方が悪かったせいだな」

驚くほど殊勝《しゅしょう》に、大神は「悪かった」と詫《わ》びてくる。

しばらく唖然としたあとで、ノエルは腹の底からふつふつと何かが湧いてくるのを感じた。その「感じ」はやがてノエルの体全体をくすぐり、「ふっ」という笑いを呼び起こす。

「ふ、ふ、ふふふふっ……」

駄目だ、笑いが止まらない。口元を押さえたままうつむいて忍び笑っているノエルに、「おい、笑わないでくれ」と抗議する声までもが、可笑しくてならない。

「だ、だって……あ、あなたが、そんな……」

目的語をはぶいて、いきなり「ホテルへ行こう」だなんて、ミスターパーフェクトみたいなこの男が、何を焦ってそんなミスを。

「ぼ、ぼくも何でまた、そんなありえない勘違いを……お、可笑しい。ふ、ふ、ふふふふっ……！」

ひとしきり肩を震わせてから、ノエルは「Hotel Nursery Rhymes《ホテル ナーサリーライム》」と書かれたノベルティのタオルに顔を突っ込み、無理に笑いを治めた。

「——失礼しました」

一転、真面目な顔になったノエルを見て、大神もまた、しかつめらしく「いや」と答え、乱れてもいないネクタイの結び目《ノット》を直した。人前で、ばつが悪かったのはお互いさまだ。

「ほかのホテルのティールームですか。いいですよ」

「……いいのか？」

「お断りする理由はありませんし」

後学のためでしょう？　と、今度はなるべくやさしく笑いかける。

どうせ何かたくらみがあるのだろうが——ほかのホテルの繁盛している様子を見せて、ノエルを説得したいとか——その必死さに免じて、今回はつきあってもいい。そんな思惑を込めた笑顔をどう思ったのか、大神は虚《きょ》を突かれた顔をしている。

「……いいのか？」

また言った。ノエルは少し呆れて答える。

「だからいいって言ってます」

「きみに休みを取ってもらって、しかもそれを半日潰してもらうことになるんだぞ？」

「あなたから誘うからには、あなたの奢《おご》りなんでしょう？」

オーブンが、ピッピッ、と音を立てた。すかさず開いて鉄板を取り出すと、そこには見事なキツネ色に焼きあがったスコーンが並んでいる。

ノエルは満足してうなずいた。うん、いい出来だ——「オオカミの口」もきれいに開いている。今はゴールデンウィーク前で、四季の寒暖や湿度の差の激しいこの国では、もっとも大気が乾いた日々が続いている。もうあとひと月もすれば、今度はじめじめした梅雨がくるだろう。スコーンは素朴な軽食だが、それだけにその日そのときの気候に合わせて加える水分を微調整しないと、きれいに焼きあがらない。日々探求と模索の繰り返しだ。

「それに、どのホテルに行くにしても、アフタヌーンティーはどこも予約必須で、飛び込みは無理ですよ。今が比較的閑散期とはいえ、人気のホテルは混んでいて予約も取りにくいはずです。その手間は当然負担してくれるんですよね？」

「ああ、それはもちろん……」

伝手《つて》もあるし、とつぶやく男に、澄まして告げる。

「では、おつきあいしますよ」

ノエルは、焼き立て熱々のスコーンを手でさっくりと上下に割った。そしてその下半分を、大神に差し出す。「味見」と告げると、大神は意外に素直に受け取った。

ふたりは半分こにしたスコーンを、同時に口にした。焼き立ては、何もつけなくても充分においしい。「十月のうさぎ」では、菓子類にはすべて英国産の碾《ひ》きの粗《あら》い粉を使っているから、嚙めば口の中でほろほろと崩れ、バターと小麦の香ばしさが鼻先まで広がる。

この男も、この味をおいしいと思ってくれるといいのだが——。

「ただし、行った先が半端《はんぱ》でまずいところだったら、許しませんからね」

細い顎をもぐもぐ動かしながら宣告するノエルに、大神は豪快に咀嚼《そしゃく》しながら、「ああ、まかせてくれ」と返事をした。


——かくして。

ノエルは大神と休みを合わせ、お互いにＴＰＯに考慮した服装を整え、時間と場所を約束して、大神が運転する車——意外なことに国産車だったが、さすがにランクの高い車だった——を駆って、真昼の都内の巨大ホテルの懐《ふところ》に滑《すべ》り込んだのだ。

天気のいい日だった。抜けるような晴天で、すでに夏に近い日差しが降ってきている。

(何だかあれだな)

慣れた様子でホテルマンに車を預ける大神の横に立ちながら、ノエルは思った。

(デートみたいだな、これって……)

堂々と男らしい体つきの大神の横に立つと、ノエルの華奢さはいっそう目立つ。

たとえばあのドアマンから見て、自分と大神はどんな関係に見えるだろう、とノエルはつい想像を巡らせてしまう。自分たちに向けられた目が、いささかどんより濁《にご》って見えるのは、おそらく錯覚だろうが――。

(ぜっっったい、どこかのセレブリティが青い目の愛人連れてきたって思われてる……)

ノエルがどうしても「そういう風」に見られがちな風采《ふうさい》である上に、いかんせん、この男がまとう雰囲気が、やたらに威風堂々としているのだ。いつまでも少年じみて細く、頼りなさげな自分では、到底同僚には見てもらえそうにない。

ノエルは額を押さえる。誘われてのこのこついてきたのは、やっぱり失敗だったかな、と少し後悔した、そのときだった。

「おお、大神！　久しぶりだな！」

アメリカ人よろしく、両腕を広げて近づいてきたスーツの男は、どこか大神と雰囲気の似た、大柄な体を持つ男性だった。アメリカ時代の元同僚というところかな、とノエルが観察眼を走らせる前で、大神は苦笑気味の表情で右手を差し出す。

「何だ、相変わらずハグは苦手か？　しょうがない奴だなホテル業界の人間のくせに！」

「おれは経営側だ。サービスマンじゃない。元気そうだな、鵜飼《うかい》」

ウカイ、という名の文字が、とっさにノエルには浮かばなかった。それがファーストネームなのかファミリーネームなのかさえ判別できない。日本人の姓名は多彩で、あまり名前のバリエーションがない欧米の感覚では追いつけないところがある。

「ああ、おかげさまでな。ところで大神、お前さん、日本に帰ってきたのは知っていたが、転職先が『ナーサリーライム』だって？　またずいぶんと小ぢんまりしたところに行ったじゃないか。ホテルとしての評判はいいが、報酬《ギャラ》は安いだろう？」

意外だなぁ、とウカイが慨嘆《がいたん》する。ノエルが反射的にむっとしたタイミングで、大神が「その『ナーサリーライム』の同僚だ」とノエルを紹介した。

「森野ノエルと申します」

なめらかな日本語とともに日本式に一礼すると、ウカイの目がみるみる驚愕に見開かれた。ノエルにしてみれば、慣れた反応だ。

「い、いやこれは……失礼いたしました。当ホテル飲食部副支配人の鵜飼博人《うかいひろと》と申します」

すっ、と差し出された名刺で、ノエルは「ウカイ」がファミリーネームだと知る。なるほど、「鳥を飼う人」という意味か――日本の文化は深遠だ。

「ティールーム責任者――ほう、あの老舗であなたのようなお若い方が……」

鵜飼もまた、ノエルの名刺を見て感銘を受けたように声を高める。

「そういえば、業界の噂で耳にしたことが――『ナーサリーライム』には、ホテルの歴史そのものを体現するかのような美しい英国人給仕長がいて、すばらしいお茶や菓子をサーブしてくれる、と」

ノエルはそれを否定するように、笑いながら手を振った。

「美しいだなんて――ただ西洋人の従業員が物珍しいだけでしょう。お茶やお菓子も、英国式ではありますが、ごくありきたりなものばかりですよ」

「いやいや、ご謙遜《けんそん》を。あのホテルの飲食部の質の高さは存じ上げておりますよ。徹底した英国式へのこだわりに、長年のファンも多いとか」

「まあ、おかげさまで何とか続けさせていただいております」

舌がもつれそうな謙譲語を話すのも、もう慣れたものだ。逆に日本人の大神のほうが、「何を長ったらしいことを」とでも言いたげな顔をしている。

「鵜飼、存分に旧交を温めたいところだが、今日は予約を取っているんだ。頼んでおいただろう？」

「ああ、そうだったな。お前さんがうちのアフタヌーンティーフェアに二名で、なんて言うものだから、てっきり意中の人とデートかと――あ、いや」

巨大ホテルの副支配人は、ふと気づいたようにノエルと大神を交互に見てから、ひそ、と囁いた。

「……もしかして、デートか？」

「違う。……偵察だ」

いらん気遣いをするな、と大神は眉を寄せて苦言した。今どきLGBTを珍種扱いするのは、ホテル業界のコンプライアンスにも反するのだが、つい友人同士の気安さで軽口を叩いてしまったのだろう。鵜飼は、大神の表情で初めてそのことに気づいたように、「そ、そうか」と身を縮める。

そんな鵜飼に対し、別に怒っていないですよ、と示すために、ノエルはにっこり笑ってみせる。

「こちらのアフタヌーンティーがとても評判がいいと、大神が言うもので、後学のために」

「さ、さようですか——本格が売りの『ナーサリーライム』の方にそう言われるとは、試されるようで怖いですね。ではこちらに」

鼻白《はなじろ》んだ様子の鵜飼が、ふたりを促す。

(でもやっぱり、この男のとなりに自分がいると、そういう関係に見えてしまうんだな)

同僚だ、と言って紹介されたのに——悔しいな、やっぱり自分は、そんなにもひ弱で、いかにも男に喰《く》いものにされそうに見えるのだろうか……。

内心でもやもやとしつつ、ノエルは都心の豪奢《ごうしゃ》な巨大ホテルのロビーを横切る。

エレベーターは、三人の男たちを五階まで一気に運び上げた。ポーン、と軽快な音が鳴り、ドアが左右に開く。

「さくらスイーツフェアは先週で終わったが、今は夏のスイーツとの端境期《はざかいき》だからな。繋《つな》ぎに『いちごフェア』を出しているんだ」

「『困ったときのいちごフェア』だな」

大神が平坦な声で皮肉を言う。

「とりあえずいちごを看板にしておけば、女性客が食いついてくるというわけか？」

「――まあそんなところだ」

鵜飼は苦く笑い、大神とノエルをダイニングルームへ案内した。「こっちだ」と導かれた半個室のドアが開くと。

そこは――。

「一望だ……！」

都心に向かって開けた、壁一面の大きな窓からの眺めに、ノエルは思わず声を上げる。

「この大きな森が、皇居ですか？」

ノエルが指した眼下には、濃い緑の群れが広がっている。メガロポリスの真ん中でありながら、広大と言っていい面積だ。

「いや、あそこに迎賓館《げいひんかん》が見えるから、これは赤坂《あかさか》御用地のほうだ。皇居は向こうの――ほらあれだろう」

「この角度から見ると、東京《とうきょう》って緑がいっぱいですねぇ」

ノエルは感嘆を漏らした。ロンドンにもニューヨークにも都市公園はあるが、東京のそれは、樹木の多彩さ、密度の濃さが段違いな気がする。すると大神が、意外な気安さで口を出してきた。

「皇居の森は、大部分が立ち入り禁止な上に、第二次大戦以降はほぼ完全に人手が入っていない自然林だそうだ。今ではタヌキの群れが住んでいるというからな。ちょっとしたジャングルさ」

「新緑がきれいだ……」

うっとりと窓辺に佇んでいると、「そうだな」とつぶやきつつ、真横に大神が並ぶ気配がした。ちらりと視線を向けると、彼の目もまた、都会の緑をまぶしげに見つめている。

ふいに後ろから、鵜飼がわざとらしく声をかけてきた。

「おい、大神――お前さんたち、本当にカップルじゃないのか？」

やけにお似合いだぞ、と言われて、ノエルは大神と同時に「えっ」と声を上げて振り向いてしまった。あまりのシンクロ具合に、次の瞬間、思わず互いの顔を見てしまったほどだ。

その様子を見た鵜飼が、真面目な顔で告げる。

「別に隠さなくても、ここは間仕切りのある半個室だから、人目は気にしなくていい。まあウェイターは出入りするし、防音は施していないから、あまり大っぴらにイチャイチャされちゃ困るが……」

「だから違うと言っているだろう」

大神が不機嫌に否定する。

「むしろ彼には嫌われているんだ。おれは彼の聖域にいきなりやってきたよそ者だからな」

「そ、そうです。そうなんです！」

ノエルもつい、同調して力説した。「ぼくたち、仲が悪いんです！」と。

「……ふぅん」

鵜飼はあまり信じていない顔で、なおも大神とノエルを交互に見てくる。

「じゃあまあ、せいぜい和解して親交を深めてくれ。すぐにウェイターが来る。では、またな」

そう告げて、巨大ホテルの副支配人は個室を出て行った。行きがけに、旧友に向かってぐっ、と拳《こぶし》を突き出してきたジェスチャーは、どういう意味なのだろう。大神に、何を、どうがんばれと？

「――誤解、解けませんでしたね」

「そうだな」

鵜飼を見送った大神が、あきらめたようなため息をつく。

「あいつは俗っぽい方向の想像力が豊かすぎるんだ。実際、ラスベガスにいたころも――」

その思い出話は、ノックの音に中断させられた。ウェイターが来たのだろう。ノエルは大神を促し、いささか慌て気味に席につく。ティーナプキンを作法通り膝に置いたとき。

「失礼いたします。ウェルカムティーのご注文を承《うけたまわ》ります」

いかにも先日まで学生だったという風情の若者が、立派なウェイターのお仕着せ姿で現れる。白いシャツに赤いネクタイ。黒のウエストコートに長いギャルソンエプロン。ぱりっとした姿だが、いかんせん着こなしが不完全で、服に着られている様子が目に付いた。

「じゃあ、ぼくはアッサムで――あなたは？」

「同じものを」

大神はほとんどメニューを見もせずに答えた。ふつうなら、ちょっとは自分で考えろよ――というところだが、この場合は間違った振る舞いではない。客を招いた正式なアフタヌーンティーでは、最初のウェルカムティーは、主催者の女主人《ホステス》に複数の種類の茶を用意する手間をかけさせないよう、客の側は全員が同じ種類の茶を注文するのが習いだからだ。

もっとも、それは貴族の邸宅などに正式に招待された茶会の話であって、ホテルのアフタヌーンティーで、しかも客がたったふたりであれば、そこまでの気遣いは必要ないのだが——。

（やっぱりこの人……上流階級《アッパークラス》の作法を教えられてる）

テーブルごしに、ノエルは大神を見やった。アメリカではこの若さで相当上のほうまで出世していたようだが——それよりも前、生まれ育ちの過程で、かなり高度なしつけを受けた気配が、ちらほらと見え隠れする。

もしかすると、いいお家《うち》のお坊ちゃんなのかな。「大神」という家名も、「大いなる《great》」「神《god》」という漢字からして、凄く由緒《ゆいしょ》のありげな感じがするし——。

メニューを見るふりで、上目遣いにちらちらと向かいの男の姿を盗み見る。大神は、ゆったりとした姿勢で、窓からの景観を楽しんでいる。その姿が——。

（——ムカつくくらいいい男だ）

ノエルはつい、目に力を込めて睨んでしまった。肩と胸回りが堂々と厚く、押し出しがいい。将来的にオーナーとか総支配人とかの肩書がついたら、さぞ見栄えがするだろうな——と考え、悔しさに唇を噛む。

（それに比べて、ぼくは……）

いつまでたっても少年のように細い体。頼りのない腕。華奢な足。顔つきも童顔で、責任者だと名乗って出て行っても、「こんな若造が？」と侮《あなど》られたり、「え、主任《チーフ》なのに日本人じゃないの？」と悪気なく驚かれることもある。この容姿では、きっとこの先ずっとそうだろう。

おまけに、常に抑制剤の服用が必要な獣人ときては、もうため息しか出ない。それなのに、この男は——。

ついじっと見つめていると、不意に大神がこちらを向いた。目が合った瞬間、ノエルは、ひゃっ、とメニューで顔を隠す。

「何だ、ずいぶんと熱烈な視線をくれるじゃないか」

ふだんはニコリともしない男が、珍しくからかってくる。

「もしかして、本当におれに惚《ほ》れたのか？」

「まさか！」

パン！　と勢いよくメニューを閉じながら、つい必要以上の大声で即答してしまう。

惚れたのか？　だって？　冗談ではない。

「ぼくは、あなたを見るたびに、腹が立って仕方がないのに——！」

一瞬、シンと沈黙が下りて、大神が「そうか」と気の抜けた返事をする。

「そこまで嫌いな男と一緒に茶を飲む羽目になって、残念だな」

「……っ」

「今からでもキャンセルして帰るか？」

特別挑発的でもない口調だった。むしろ本当にノエルを気遣っているような。だがそれに対し、ノエルは、「いいえ」とまことに可愛げのない声で答えてしまう。

大神はそんなノエルに、ふうとため息をついた。

「なあ森野くん。はっきり言うが――おれはきみのことが嫌いじゃない。むしろきみの腕や能力を買っているし、何とかうまくやっていきたいと思っている」

「――！」

「だからきみも、少しはおれに歩み寄る努力をしてくれないか」

あながち演技とも思えない、真摯《しんし》な語り掛けだった。ノエルは思わずそのまなざしから目を逸《そ》らせてしまった。今度は、腹が立った、のではなく……純粋に、照れからだ。頬が熱い。

「ああ、もう！」

ノエルは頭を振る。平凡な茶色の髪が、ばさばさと揺れた。

「どうしてあなたは、そういちいち――格好がいいんですか！」

ひどく理不尽な非難をされて、大神はさすがに驚いたようだ。漆黒《しっこく》の目をぱちぱち瞬《またた》いて、ノエルを見ている。

「ぼくの態度の悪さを責めもしないで『うまくやっていきたい』だなんて、どれだけ心が広ければそんなこと言えるんですか……！　ぼく、ぼくは、あなたが、ぼくと違って男らしくて、あんまり格好がいいから——妬《ねた》ましい……羨ましいんです……！」

本心を吐露《とろ》すると、ますます惨めになり、ノエルは震えた。鵜飼が言っていたような、涼やかな美貌と細やかな仕事ぶりを讃《たた》えられる「ナーサリーライム」の看板給仕長は、実はそう演じているだけの仮面にすぎない。

本当のノエルは、劣等感が強く、自分の正体を隠し、こそこそ立ち回りつつ生きているせこい小物だ。この男のように、太陽の下の王道を自分の足で堂々と歩んでいる人間ではない。そのことを、初対面から無意識に感じていたからこそ、ノエルは大神が何となく気に食わず、苦手で、見るたび接するたびに妙な気持ちの昂《たかぶ》りを覚えていたのだ。

要するに、自分は今までずっと、この男に、嫉妬《しっと》していたのだ——。

「買いかぶりだ」

憎らしいくらい格好のいい男は、そう言って苦く笑った。

「おれはきみと大して違わない、青二才の、ただの男だよ」

「……またそんな」

この若さで、「グランドアマゾン」の経営陣に参画していた人間に謙遜《けんそん》されても、嫌味《いやみ》にしか聞こえないのに、とノエルは眉をひそめる。そんなノエルの顔を見て、大神は「本当さ」と悲しげに微笑した。

「現に、海千山千の的場オーナーにはしてやられっぱなしだ」

「——オーナーに？」

そういえば初対面のあの日、上機嫌の的場とは対照的に、大神はずいぶんと不機嫌で、的場に対してもとげとげしい空気を放っていた。

それに、あの鵜飼も不思議がっていた。どうして「グランドアマゾン」のような巨大グループでの出世と収入を捨ててまで、「ナーサリーライム」のような小所帯のホテルに？　的場はいったい、どんな条件でこの大神をヘッドハントしたのだ？　まさかとは思うが——何か弱みを握って？

「あの、それって……」

いったいオーナーとの間に何があったんですか、と尋ねようとしたノエルのちょっとした勇気は、再びのノックの音に遮《さえぎ》られた。

「失礼いたします」

引き戸がさらりと開く。先ほどと同じ青年がウェイターとして現れ、大神とノエルの前に、同じ色柄のソーサーとカップ、それにシュガーポットとミルクジャグを置く。

若いウェイターは、さらにそのカップに小さな銀の茶こし《ストレーナー》をかけた。その網目に向けて、こぽぽ……と、ティーポットの注ぎ口から、濃い緋色《ひいろ》の紅茶が注がれる。

「ティーフーズもすぐにお持ちいたします。もう少々お待ちください」

テーブルの上に、ふたり分の紅茶と、二杯目の残ったティーポットを残して、ウェイターが去る。

「さて問題です」

ミルクを注いでカップを持ち上げながら、ノエルは大神に問いかける。

「今のウェイターの仕事で、間違っているところはどこでしょうか？」

「間違っているところ？　ふむ……」

意外にも、大神はノエルの問いに真剣につきあう気のようだ。

「――ノックの回数が二回だったのは気になったかな。正式には四回。略式でも三回は鳴らすべきだ。ウェイターの訓練が成っていない」

「そうですね、二回はトイレのドアをノックするときの作法だ――でもそれは、我々ホテルマンの世界では常識でしょう。ぼくが気になったのは、紅茶に関わることです」

「さて、そう言われるとわからんな。アメリカにいたころはコーヒー一辺倒だったし、アフタヌーンティーのマナーはそう本式に学んだわけじゃない」

「じゃあ、ヒントはこれです」

ノエルが指し示したのは、少し茶殻《ちゃがら》の載った銀色の茶こし《ストレーナー》だ。大神はますますわからん、という顔をする。

「それを使うのは邪道だとでも言うのか？」

「イギリスではまあまあ、不正解ではありません。でも、日本でこれは駄目です」

ノエルはそれ以上もったいつけず、正解を口にした。

「イギリスのお水は硬水です。多量に含まれるミネラルが邪魔で、なかなか茶葉の風味や色味が浸出しない。だからポットに茶葉を入れっぱなしにしておいても、よほど長時間放っておかなければ、二杯目が極端に渋く濃くなることはありません。対して日本の水は軟水で、茶葉の成分が浸出しやすいんです。それなのにイギリスと同じことをしていたら、二杯目は渋くて飲めたものではないお茶になってしまう。ある程度浸出時間を過ぎたら、茶葉は濾《こ》して取り除くべきだ」

「なるほど」

「それにこの茶葉」

ノエルはやおらティーポットの中にスプーンを突っ込み、茶葉を一山引き上げた。それをソーサーの上に、塗りつけるように広げる。

「見てください。オレンジペコとブロークンファニングスの茶葉が混在している。まっとうなティーブレンダーなら、絶対にやらないことだ」

大神は身を乗り出してきたが、顔つきは困惑していた。

「――すまん、知識がなくて理解できない。どういうことだ？」

「ああ、すみません。つまりですね」

ノエルは、紅茶の茶葉は通常、大きさごとに五段階に分類されるのだ、と説明した。「オレンジペコ」はまったく粉砕《ふんさい》されていない一番大きなグレードで、「ブロークンファニングス」は下から二番目に細かくされたものだ。

「ふつう、まっとうに勉強したブレンダーは、大きさの違う《グレーディング》茶葉を混ぜたりしません。このアッサムは、紅茶のことをよくわかっていない人が、原則を無視してブレンドした茶葉でしょう。茶は農作物ですから、その年その季節によってどうしても出来不出来がある。それでもメーカーは、毎年必ず同じ味に調整して出荷しなくてはなりませんから、少しずるをしたのではないでしょうか」

「するとこのホテルは、何も知らずにクズ茶葉を売りつけられたってことか？」

「既製品ではなく、オリジナルブレンドをオーダーしたのなら、紅茶に関する目利きがいないのをいいことに、足元を見られた可能性はありますね」

「……そうか」

　残念だ、と大神は口元を歪《ゆが》めた。出入りの業者に不誠実なことをされ、それを見抜けない、というのは、ホテル業界では死活問題だ。最終的にはあの鵜飼氏の地位にも関わってくるだろう。大神はそれを考えたに違いない。

「それと、ウェイターの子が紅茶を注ぐとき、ポットのふたを親指で押さえていましたね。あれは日本人が無意識にやりがちな間違いです。ちゃんとした紅茶ポットにはふつう、ふたが落ちるのを防ぐツメがついていますから、どんなに傾けても、緑茶の急須《きゅうす》と違ってふたがコロンと落ちてしまうなんてことはありません」

「――総括すると、どうやらこの企画の指揮を執《と》っているのは、紅茶のことをよく知らない人間だということか」

「そういうことだろうと思います」

ノエルはアッサムに砂糖とミルクを入れ、作法通り前後にゆらゆらとスプーンを動かして溶かし込んだ。そのスプーンは、カップの向こう側に置く。

「もっとも、たまたま人事に失敗したのか、このホテルがアフタヌーンティーのフェアに来る客層などに、そう高度なサービスは必要ないと高をくくっているのかはわかりませんが」

「おそらく後者だろう」

大神はノエルが「ありえない」と評したアッサムティーを、砂糖も入れず飲み干した。アッサムはミルクティー向けと言われているのだが、ノエルがバツの判定を下したからには、そう丁寧に味わう必要もない、というところだろうか。

「さっき入店したとき、ちらりと店内と厨房のほうを見てみたが、ウェイターがやたら若い美形ばかりだった。容姿の美醜《びしゅう》で雇い、作法の訓練は二の次にしたんじゃないか」

「――ホストクラブじゃあるまいし」

ノエルは本気で腹が立ってきた。予想通り、アッサムは気品も何もないひどい味がした。

「お客さまを何だと思っているんでしょう。適当な飲食物と見栄えのするイケメンさえ揃えておけば、喜んでお金を落としていってくれるキャッシュディスペンサーだとでも思っているんでしょうか」

「まあ待ってやってくれ。決めつけるのはまだ早い」

まだ本命のフーズも来ていないじゃないか、と大神がノエルをなだめる。そこにまた、二回のノックの音が響いた。

「失礼いたします。ティーフーズをお持ちいたしました」

大神いわくの、「若い美形」のウェイターが、三枚の皿を塔のように三層に重ねたスタンドを、捧げ持つようにして現われる。一番下の皿はサンドイッチ、真ん中は焼き立てでまだ熱いスコーン。頂上はケーキやマカロン、ババロアやエクレア類だ。どれにもこれにも、それこそサンドイッチにまで、見事なまでにいちごが使われている。

そして、別の容器で提供される、たっぷりのいちごジャムとクロテッドクリーム。

「現在提供させていただいているいちごは、群馬県《ぐんまけん》産の『野の紅《くれなゐ》』でございます。昨年から市場に出回り始めたばかりの新品種で、まだまだ希少なものを契約農家から直接仕入れて使用してございます。では、ごゆっくりとお楽しみくださいませ」

「……」

何か言ってやろうと身を乗り出すノエルを、大神が視線で制止する。

ぱたん、とドアが閉まると同時に、ノエルは「アフタヌーンティーにキュウリサンドイッチを出さないなんて、ありえない」と憤《いきどお》る。

「いくらいちごフェアが表看板とはいえ、フルーツサンドなんて……昔の貴族の屋敷では、お客さまが来るのにキュウリを用意できなかった、っていう理由で料理長のクビが飛んでいたんですよ？」

なぜだか、大神は薄笑いをしている。ノエルの怒りっぷりが可笑しくてたまらない、とでも言うように。そして「ほかには？」と促した。

「スコーンがまだ温かい」

「焼き立てだということだろう？　それはいいことなんじゃないのか？　先日、きみに食べさせてもらったやつはおいしかった」

「それはどうも。でも温かいスコーンを提供するなら、プレートの二段目に置くのは感心しません。これだと、上の段のケーキ類が熱で傷《いた》んでしまう」

「なるほど」

大神はうなずいた。一番上の皿のケーキ類は、どれも生クリームやババロアなど、冷たい状態で食べるものが主流だ。焼き立てスコーンの熱が当たる場所に置くのは好ましくない。

「焼き立ての菓子やスコーンを提供するなら、スタンドとは別皿にするか、少なくともナプキンで包むべきですし、そもそも、これだけ広さのあるテーブルを使うなら、三段《スリーティア》スタンドは使う必要がありません。ふつうにメニューごとにお皿でお出しすればいい」

「ふつうに？」

何かひっかかったように、大神は首をかしげた。

「ええ、英国ではふつうはそうです」

「そうなのか？」

大神は多少大げさではないかと思うくらいに驚いた。この話をしたとき、日本人は十中八九以上の割合で驚きを示すが、まさかこの大神もそうだとは予想できず、逆にノエルのほうが驚いてしまった。

「あなたでさえも、ご存じないんですね」

いかにも高度なマナーを身に付けたエリート、というイメージをまとった男は、ノエルの驚きをいなすように、両肩をすくめた。

「アフタヌーンティーと言えば三段スタンド。三段スタンドと言えばアフタヌーンティー……だと思っていた」

「まあ、アイコンとしてわかりやすいですから、無闇《むやみ》に多用されているところはありますね」

ノエルもまた、肩をすくめ返す。

「でもあれは本来、テーブルが狭くて、人手も限られているホテルなどのティールームで、何皿ものフーズをサーヴィスする手間をはぶくために使われ始めたものなんです。ちゃんとした邸宅の、フォーマルな茶会などでは使用されないんですよ」

スコーンを手で割って、いちごジャムをナイフで塗りながらノエルは言う。

「英国ではテーブルいっぱいにたくさんの皿をお出しするのが優雅なおもてなしとされていますし、現に、『十月のうさぎ』では、この形式のスタンドは使っていません」

「――使っていない？」

「ええ」

「使っていないのか？　三段スタンドを？」

大神の驚きようは大変なものだった。可愛いいちごのサンドイッチを持つ大きな男っぽい手が、空中で止まっている。

「それで顧客が納得するのか？」

「わかりやすいアイコンがなくて、お客さまががっかりなさらないかということですか？」

「まさにそうだ」

「前に言った通り、『ナーサリーライム』のお客さまは本格の英国式をお求めのお馴染《なじ》みさまが多いですから」

彼らは、きちんとした茶会では、三段スタンドなど使われないことくらいは心得ている人たちだ。苦情が出たことはない。ノエルがそう告げると。

「――つまり」

大神はひと口でサンドイッチを呑《の》み込んで言う。

「常連を大切にするあまり、新しい顧客の要望には応《こた》えていない、ということだ」

「……」

結局この話になるのか――とノエルが内心緊張したとき、大神はその顔色を読んだのか、にやりと笑った。

「うん、ウェイターは素人《しろうと》だが、雇っているパティシエの腕はいいようだな。味はいいし、見た目も美しい」

これはティーフーズを評しての言葉だ。それにはノエルもおおむね同意する。

「気になるところと言えば、クロテッドクリームの鮮度くらいですね」

そう言うと、大神は「とことん厳しいな」と苦笑する。

「さて」

頃合いだと見たのか、大神がティーナプキンをテーブルの上に置く。見苦しくない程度に畳む仕草が、何とも堂に入っていてスマートだ。

「森野先生の厳しい採点も済んだことだし、そろそろ出ようか」

「そうですね、長居しすぎるのもマナー違反ですし」

ノエルもナプキンを畳んで立ち上がろうとして、もうひとつ減点理由があったのを思い出した。

「ティーナプキンにはペーパーナプキンを挟んで忍ばせておくべきですね。もし指が汚れたり、口紅が食器についたりしたら、布のナプキンではなくそれで拭くために」

「ナプキンを汚すのは、食事を楽しませてもらった、という暗黙の合図になるのではなかったか？」

「それはフレンチのディナーの場合です。ティータイムに使うナプキンは、レースなどで繊細《せんさい》に作られた高価な一生ものですから、基本的にお客が汚すのはタブーなんです」

ふたり並んで個室のドアに向かいながら解説すると、大神は顔をしかめた。

「面倒――」

「だと思っちゃいけません。アフタヌーンティーは貴婦人たちの手で育《はぐく》まれた『女性の文化』です。

その細かなひとつひとつの作法を尊重することは、女性性を尊重することなんですよ」

「——そうだな。フェミニズムは重んじられるべきだ」

その答えに、ノエルは心底驚いた。女の考えることなど、と馬鹿にするかと思ったのに、大神はノエルの予想をあっさりと裏切ったのだ。

（てっきり、前時代的で頭の固い男かと思っていたのに）

あまりの意外さに、つい、横から男の顔を凝視してしまう。不愛想で傲慢に見えて、フェミニストの一面を持っているとは、どうにも底の知れない男だ。

（そういえば、想いを寄せる人もいるようだったし……）

ナーサリーライムという名の一輪のバラを手にしたときの大神を、ノエルは思い出した。この可愛げのない皮肉屋の男が、案外、恋人には甘くやさしく接したりするのだろうか……などと想像を巡らしつつ、視線を男の左手に向ける。ところがそこに、あるものとばかり思っていた指輪はなかった。

あれっ、とノエルは意外さについ足を止めた。

——では、あのオーナーに手渡されたバラを贈った「彼女」とは、まだそこまで深い仲というわけではないのだろうか？　まさか片思い？　この男に求愛されて、すぐになびかない女性など、いるとは思えないのだが……。

立ちすくみながら、ややぼぉっとして、そんな妄想に耽《ふけ》っていると、不意に大神はノエルの肩に腕をまわしてきた。びっくりして息を呑んでいる間に、ぐいぐいと店の出口とは逆方向に導かれる。

「えっ、ちょ、何――」

「……もう少しだけつきあってくれ」

ひそ、と囁かれ、反射的に緊張しつつ戸惑っていると、ノエルはあれよという間に半個室エリアではない場所へ導かれてしまった。そこには、いちごフェアを楽しみに友人家族たちと連れ立ってやってきた女性たちが、たくさん席についている。

――多くは、若い女性だ。

その全員が笑顔で、フーズをつまみ、紅茶を飲みながら、楽し気なおしゃべりに興じている。若い美形のウェイターが三段スタンドを運んでくると、キャーッと歓声を上げて拍手をし、順番にウェイターとフードスタンドが映りこむよう角度を決めて自撮りをしていた。飲食の作法もそれぞれで、大きいままのスコーンにかぶりつくところを友人に撮影させている女性もいれば、口元をいちご色のクリームで汚している女性もいる。

みんな、おしゃれをしている。みんな、心から好きな相手との時間を楽しんでいる。それが一目でわかった。

「――彼女たちをくだらない俗物だと思うか？」

ノエルはすぐに大神の言いたいことがわかった。提供しているものは雰囲気だけの「アフタヌーンティーもどき」であっても、このティールームは客である彼女たちに、心からくつろげる、楽しい時間を提供している。そのことに、果たして何の価値もないのだろうか――。

「いいえ……」

ノエルは力なく首を左右に振った。この光景を前に、何が言えるだろう。この幸福そうな人々をマナー違反だと非難することなど、どうしてできるだろう——。

すると大神は、まるで的場オーナーのような顔で、口角《こうかく》を吊り上げた。

「なら、せめて『十月のうさぎ』に、三段スタンドを導入しないか？」

フォトジェニックさが増して、マスコミ受けするぞ、と告げられて、ノエルは「それは」と絶句する。

ああ、しまった。うまく誘導されてしまった——。

「あれは給仕の手間をはぶくために使われるものだと、きみもさっき言っただろう？　新規顧客の開拓に繋がると同時に、きみたちにとっても、仕事が楽になって、いいことずくめのはずだ」

「ですが……」

本場の厳格な作法に詳しい古くからの顧客は、今どきの軽薄な流行におもねった、と思うはずだ。

そう反論しようとしたときだった。

「ん？」

ある女性客が、ひくひく、と鼻を鳴らせる。

「何か——変な匂いがしない？」

周囲の客たちも、異変を察してざわつき始める。

「何、この匂い……？　甘ったるくて気持ち悪い……」

「厨房のほうで何かシロップみたいなものでも零《こぼ》したんじゃない？」

ノエルもまた、顔色を変えた。自分のものではない。でも、この「感じ」には覚えがある。これは、この匂いは――。

（獣人の、フェロモン……？）

とある個室から、がたん、と音を立てて、若い女性が飛び出てきた。「どうしたんだ」と狼狽《ろうばい》する彼氏を個室に置いて、そのまま足早に店を出ようと、ノエルと大神の間をすり抜けようとする――。

とたん、がくりと彼女の姿勢が崩れた。

大神が、その細い体を片腕で抱き留める。

ぶわっ、と爆発的に広がる濃厚で甘ったるい匂いに、ノエルは「うっ」とうめいて腕で顔を覆った。

間違いない。彼女は獣人だ。それも、これほどフェロモンを大量に噴出させるのは、数多い獣人の中でもただ一種類――。

（うさぎ獣人――！）

「外に出よう」

大神がノエルに囁く。

「なるべく広く開放されていて、人の少ない場所――公園みたいな場所に避難したほうがいい」

ノエルはこくこくとうなずいた。大神に支えられている女性の腕を取り、「行きましょう」と告げる。

ふたりは、見知らぬ獣人の女性を連れて、つかつかと店を出て行った。ノエルはエレベーターに乗るまでに何度か背後を振り向いたが、女性の連れの彼氏は、ついに追いかけて来なかった。


「――大丈夫ですか？」

ノエルが問いかけると、公園のベンチに腰掛けた女性は、ええと答えてうなずいた。

彼女は、すでに初夏の日差しが降る屋外で、頭から薄いショールのようなものを被っていた。その布地の下から、白い被毛に覆われた長い耳が覗いている。

――うさぎの耳だ。ノエルのとはタイプが違う、立ち耳の……。

「大丈夫です、お薬が効いてきたみたいで、やっと落ち着きました……」

女性は、口元をしきりにハンカチで押さえながら小さく一礼した。長い黒髪は染めておらず、顔は小さな瓜実型《うりざねがた》。しっとりと日本的な雰囲気のある美しい人だ。こんな楚々《そそ》とした女性が、あんなに濃く妖艶《ようえん》なフェロモンを放っていたとは――と、ノエルは自分のことを棚に上げて意外に思った。

「すみません、びっくりなさったでしょう？　今日は朝から何となく調子が悪いなとは思っていたんですけど――」

「謝らなくていいですから」

ノエルは慌てて遮ったが、涙ぐんだ女性は下げた頭を上げようとしない。

「彼が、あのホテルのアフタヌーンティーの予約を取ってくれていて……なかなか予約が取れないのを、わたしのために何度も何度も電話して、ようやく今日の昼間の時間にキャンセルが出たと――。体調が悪いって断ればよかったんですけど、彼の好意を無にするのも気が引けて、つい無理をして出てきてしまって、こんなことに」

「ええ、お気持ちはよくわかります」

いい加減なことを言っているのではない。本当に、痛いほどわかる。だが女性はノエルに理解されているとは思わなかったのだろう。その顔に浮かぶ笑みは苦い。

「――彼には言えなかったんです」

美しい人は寂し気に言った。

「わたしが、獣人だということを――以前、つきあっていた人にそう告白したとたん、見境のないうさぎ獣人の相手はごめんだと言われて、振られたことがあったので、怖くて……彼は本当にいい人だから、どうしても失いたくなくて」

ノエルはラウンジにいた若い男性を思い出した。ノエルと大神が彼女を連れ出す際、いくらでもそのチャンスはあったのに、とうとう後を追いかけては来なかった。大騒ぎになった店の中で、ただ茫《ぼう》然《ぜん》とノエルたちを見送っていた。

――何やってんだ！

男の態度を、ノエルは憎んだ。仮にも彼氏なら、多少無理をしてでも彼女に付き添うべきだろう。

だが、悲しいかな、それが理想論であることも、ノエルはよく知っている。ある日いきなり自分の恋人が獣人だと知って、それでも心変わりせず誠実に接せられる者など、滅多にいるものではない。ましてや相手がうさぎ獣人で、突発的にフェロモンが漏れた結果、周囲にどれほどの影響を及ぼすか、目の前で見たあとでは――。

おそらく彼女は、周りの人に迷惑をかけまいと、フェロモンが効き始める前に、急いで店から出ようとしたのだろう。あんなに混みあった、人の多い場所で、人々がみな反応し始めたら、大変なことになる。冷静で正しい判断だ。

「ああいうことが起こるから、うさぎ獣人は、淫《みだ》らで、性欲が強くて、節操がなさすぎるって思われてしまうんです」

女性は、自分のことを語り始めた。ノエルは唇を嚙む。いやというほどよく知っている。このぼく自身も何度もそう非難されたから――。

「俗に、三月のうさぎはサカっているって言うそうですけど、野生のうさぎは、実は真冬をのぞいてほとんど一年中発情していて、飢えたように相手を求めて番《つが》っては、子どもを作り続ける本能があるんです。だからうさぎ獣人も、その性質を受け継いで、気に入った相手に濃厚な誘惑フェロモンを放って、その場にいる関係ない人まで、そういう気分にさせてしまうんです……」

そう、だからうさぎ獣人は、「淫乱」だ「尻軽」だと誤解され、軽蔑されるのだ。自分の意志とは関係なく放たれた誘惑フェロモンが、その場にいる誰もかれもに作用してしまうからだ。決して、相手は誰でもいいわけではないのに——。

そしてノエル自身がかつてそうされたように、たまたま体調との兼ね合いがよくなく、抑制剤が効かずにフェロモンを漏出《ろうしゅつ》させてしまったときなどに、意図せず興奮した者に無体を働かれ、性犯罪に巻き込まれてしまうことも、よくある——。

ノエルが内心の羞恥《しゅうち》に唇を噛んだとき、女性はぽつりと零した。

「せっかく、好きだって言ってくれて、おつきあいも順調だったのに……これでもう、きっと、彼とも駄目だわ……」

ホテルのラウンジのような人がおおぜいいる場所で、見境もなく性的フェロモンをだだ漏れさせてしまったのだ。はしたない、恥ずかしい、と自己嫌悪に沈む彼女に、ノエルはかける言葉が見つからない。彼女はあの恋人の男性のことが本当に好きで、有名なホテルでのデートに、気持ちが昂《たかぶ》っていたのだろう。そこにたまたま体調不良が重なってしまっただけで、フェロモンの過剰漏出は、決して彼女のせいではない。運が悪かったのだ。

けれど、公共の場で性的な本性を露《あら》わにしてしまった彼女に、恥じ入る気持ちを持つなと言うのも、無理な話だ。なぜなら、ひとたび体を開いたときのうさぎ獣人の性欲の強さや、その歪んだ嗜好は、たびたびポルノの題材にされるくらい、世間ではよく知られているから——。

「これで去っていく程度の男なら、さっさと切れて幸いだと思うべきだな」

ノエルはその声に目を上げた。今まで気配もなかったのに、いつのまにか、そばに戻ってきた大神が、冷たい口調で宣告した。

「――ちょっとあなた、何てことを」

それは突き放しすぎだ、と注意しようとしたノエルを無視して、大神は自販機で買ってきたらしい冷えたミネラルウォーターを手渡しながら、さらに女性に告げる。

「獣人の恋人は、間が悪いときは周囲を巻き込んでトラブルを起こすこともある。そんな程度のことを覚悟できない男と付き合っても、貴女《あなた》にいいことは何もない」

「――そりゃあ……そうかもしれませんけど……！」

言いたいことはわかる。でも、そんな言い方をすることはないだろう。傷心《しょうしん》の彼女の気持ちを、もう少し労《いたわ》ったらどうなんだ――とノエルが憤慨《ふんがい》しかけたとき、大神が意外なことを口にした。

「貴女のツレのあの男……指輪を隠し持っていたぞ」

「は？」

「え？」

「今日、あの店でプロポーズをするつもりだったんじゃないか」

ショールの下に押しつぶされているウサギ耳が、ひこん、と跳ねた。ノエルもまた驚いた。この男、いったいいつのまにそこまで観察した？　ぼくも一緒にいたのに、そんなこと、まったく気づかなかった――。

「――そうですか、それで彼は、無理をして人気のお店の予約を取ってくれたんですね……」

ノエルは思わず女性の顔を見た。顔色が、紙のように白い。無理もないだろう。愛する男が自分との人生を選択してくれようとしていたまさにそのとき、獣人だということが露見してしまったのだから――。

「では……あなたのおっしゃる通り、これでよかったのかもしれません」

女性はそれでも、気丈《きじょう》に言った。

「結婚を考えるとなれば、どうしても獣人であることを彼に伝えないわけにはいきません。こんな形で知られようと、わたしの口から伝えようと、きっと結果は同じだったでしょう」

ノエルは息を呑んだ。何て強い女性だろう。何て潔《いさぎよ》い人だろう。尊敬の思いから、ノエルは思わず、女性の背を撫でた。

「大丈夫」

ノエルはやさしく囁く。

「大丈夫、たとえ今回は駄目でも、あなたならきっと、いつかよき伴侶《はんりょ》に恵まれますよ」

「――獣人なのに？」

「獣人でも！」

一瞬でも、答えを躊躇してはならない。ノエルは力を込めるあまり、女性がびくりとするような大声を放ってしまった。

「そんな……あなたは他人事だからそんなことが言えますけど――」

女性は怒りと戸惑いがないまぜになったような顔をノエルに向けてきた。ノエルは思わず言いそうになった「他人事じゃない」と。

――他人事じゃない。ぼくも同じだ。ぼくも、あなたと同じうさぎ獣人なんだ……！

「獣人だからって、何をあきらめる必要がある」

するとふいに、横から大神が口を出してきた。

「森野くんが――彼が言いたいのは、そういうことだ。獣人だからって、なぜふつうの人がしなくても済む我慢や忍耐を強《し》いられなくてはならない？　貴女は知的で芯の強い、素敵な女性だ。ただそのことだけで、愛され、受け入れられるべきだ。そうだろう？」

「……！」

ノエルは、思わず間近に立つ男の顔を振り仰《あお》いだ。

口調はぶっきらぼうだし、顔にも愛想がない。けれどその言葉には、心からの思いやりとやさしさがある。

（こんなことが言える男だったのか）

ノエルは今日何度目かの意外の感に打たれた。最初に思い描いていた、嫌味な、皮肉屋の、斜《はす》に構えた大神亮という男の姿が、どんどん崩れ、その本当の姿がわからなくなる……。

（この男は、いったい……？）

その大神が、不意に「おい」とノエルとはまったく別の方角を見やった。

「来るのが遅いぞ。男なら、恋人を不安がらせるな」

大神に凄まれた青年が、立木の陰からそろりと顔を出した。あのラウンジで、女性と向かい合っていた彼だ。

手には指輪の入っているらしき、ビロードの箱。

「……行こう」

大神が、ノエルを促した。まだ具合の悪そうな女性を残していくことにノエルは躊躇したが、大神はそんなノエルの腕を引いて無理やり立たせてしまった。

「ここから先に、おれたちは邪魔者だ」

「……っ」

そのまま、ぐいぐいと引かれてベンチから離される。

「え、あ、ちょっ……！」

——何て大きい手……！

大神の手の強さ、その熱さに、ノエルは抵抗の気力を奪われる。

強引に引いて行かれつつ、ノエルは背後を振り向いた。そこには、ベンチの女性におそるおそる近づく青年と、青年を前にしてすくりと立ち上がる女性の姿があった。

初夏の風。

女性が被ったショールが、ふわりと風を孕《はら》んでたなびく。

女性の頭部から生えた二本の長い耳を前にしても、青年はたじろいだそぶりを見せず、恋しい人に近づいて行った。


早朝の時間帯だった。都心ながら並木の緑に囲まれた「ナーサリーライム」では、忙しく一日の仕事の準備が進んでいる。

「給仕長《チーフ》、例の牧場の方が配達に来られましたよ」

「ああ、わかった。ありがとう」

ノエルは知らせてくれたスタッフに片手を挙《あ》げて礼を言いつつ、厨房を横切った。ホテルとしては小規模な「ナーサリーライム」だが、「十月のうさぎ」関係だけに限っても、納入業者は毎日数えきれないほど出入りする。もちろん、ノエルはそのすべてを自ら出迎えたりしないが、「例の牧場」の人だけは別だ。ノエルが自分自身で見つけ、自分自身で交渉をし、無理を聞いてもらった相手であるから。

厨房裏の勝手口を開けると、そこにありふれた白い軽トラックの冷蔵車が停《と》まっている。運転席のドアと荷台の横腹に、それぞれ「わたらい牧場」の文字がプリントされたシールが貼りつけられていた。

「渡会《わたらい》さん！」

「ようっ、ノエルちゃん」

いかにも牛舎からそのまま直行してきました、という格好の男性は、肉付きのいい顔いっぱいにごま塩ヒゲを生やし、ノエルをまるで少女のように「ちゃん」づけで呼んだ。この牧場主と知り合った当初は閉口していたノエルも、もう慣れたもので、苦笑いでいなす。

「ほれ、ご注文のアレだよ」

荷台からひょいっと取り出されて渡されたのは、白い発泡スチロールの箱だ。それほど大きくはないが、ノエルの細腕にはずしりと重い。

「ゆうべから冷蔵庫で仕込んでおいて、今朝一番に熟成が完了したばかりのホヤホヤだ」

「わぁ、ありがとうございます！」

「それから、途中でこれも預かってきたぜ」

そう告げられながらまた差し出されたのは、ふたつきの紙箱だ。一見して高級フルーツを流通させるときに使う組箱とわかるが、中身は見えない。箱の横腹には「初島《はつしま》ファーム」と簡素なフォントで印刷されている。

「今年の初物《はつもの》だそうだ。まだハシリの時期だが、風味は保証するって言ってたぜ」

「ありがとうございます、何から何まで……」

「いやいや、うちゃ初島んところみたいに偏屈なやり方通している生産者のモノを、ちゃんと利益が出る値段で確実に仕入れてくれる取引先なんて、滅多に見つかるものじゃねぇからな。このホテルに足を向けて寝られねぇのはこっちさ。それじゃあな」

一度もエンジンを切らないままの軽トラックでそのままとんぼ帰りしようとする渡会に、「せめてお茶でも」と声をかけたノエルだが、大柄な牧場主は運転席から笑って手を振った。

「うちのレディースたちは気難しくてね。早く帰って構ってやらねぇと、機嫌損ねちまって、いい乳を出してくれなくなるのさ」

レディースとは、わたらい牧場にいる乳牛たちのことだ。渡会は日本では珍しい、毛色が茶でやや小型のジャージー種の牛を放牧酪農で飼育していて、そのミルクは一般的な白黒模様のホルスタイン種に比べて量は少ないが、濃くて甘い。

「じゃあな、ノエルちゃん」

これからも御贔屓《ごひいき》に、と笑って、気のいい酪農家は軽トラックで去っていく。

ノエルはその姿が見えなくなるまで頭を下げた姿勢で見送り、改めて、託されたふたつの箱を厨房に運び込んだ。

（やった、最高の材料が手に入ったぞ！）

これを使えば、あの男も目を剝《む》くほどおいしいものが作れるに違いない。

スキップせんばかりにご機嫌で、鼻歌まじりに荷物を運ぶノエルを見て、若いスタッフがひとり、驚いた顔を見せていた。

カタカタカタ……と、よどみなくキーボードを打つ音が、ドアの外へも聞こえてくる。

伝統と格式と古風さを誇る「ナーサリーライム」と言えど、裏方にはふつうに事務机とPCの揃ったオフィスがある。大きなホテルではないから人数は小規模だが、それでも各部署の支配人、副支配人などの肩書を持つ数人の人々と共用するその部屋の一角に、現在は「エグゼクティブ・プロデューサー」という少々変則的な役職にある大神亮の居場所はあった。

コツコツコツコツ、と正式な作法の四連打のノックをして、中からの返事を待つ。やがて「どうぞ」と応えたのは、大神ではない男の声だった。

重厚な木製のドアを開くと、返事をしたのはオフィスの中でももっとも上座《かみざ》の位置を占めている男だとわかった。総支配人である八橋誠一《やつはしせいいち》だ。中肉中背。特別に美男でも醜男《ぶおとこ》でもなく、いっそ見事なほど特徴というものがない熟年男性である。脇にいる大神のほうがよほど偉そうに見えるが、ある意味、目立たず謙虚に振る舞うべきホテルマンとしての資質には富んでいるかもしれない。

的場オーナーの部屋は、このオフィスのさらに奥に、一枚ドアを隔ててある。ノエルが「すみません、ドアを開いておいてください」と頼み、ガチャガチャと音を立てながらワゴンを押して入ると、たちまちそのオーナールームのドアが開いた。

「おお、森野くん、待ち焦がれていたよ」

オフィスに現れた的場が、アリアを歌うテノール歌手よろしく両手を広げて歓迎する。対して大神は、自分の席で、何事かと目だけを瞠っていた。

「ルームサービスメニューに加えるアフタヌーンティーの試作をしてみたんです。みなさんでご試食をお願いします」

「ほう、アフタヌーンティーをルームサービスに？」

真っ先に席を立ってきたのは、八橋総支配人だ。

「ええ、可能かどうか検討してみようかと、以前からオーナーと話し合っていて」

以前から、というのは大神が来る以前からという意味で、検討していたというのも嘘ではない。だがノエルはこれまで積極的ではなく、オーナーからの提案にも言《げん》を左右にして応じていなかった。アフタヌーンティーはあくまで社交の場で友人たちと楽しむものだし、できれば部屋から「十月のうさぎ」に降りてきて、その開放的でレトロモダンな空気とともに味わってほしかったからだ。

だが先日のことで、少し事情が変わった。

「これ――」

一番最後にワゴンに近づいてきた大神が、信じられない、という顔つきで腰をかがめてくる。

「三段スタンド《スリーティア》じゃないか」

「ええ」

「あんなに『ナーサリーライム』では使わない、って言い張っていたのに、いったいどういう風の吹き回しだ？」

大神の驚きようを前に、ノエルは、ふふ、と可笑《おか》しそうに口元を緩《ゆる》めた。

「ええ、おっしゃる通り、今までこのホテル内では使っていませんでした。これはぼくが故郷《くに》から持ってきた私物です」

ヴィンテージの銀器なので、磨くのが大変でしたよ、と言いつつ、ノエルは碧眼で大神の黒い瞳をじっと見つめた。

「でも、テーブルに充分な広さのあるティールームと違って、ルームサービスは、どうしても狭い室内で提供することになりますから、空間を効率よく使うことも考えに入れないといけないでしょう？」

「森野くん、きみ……」

大神はらしくもなく啞然としている。

「おれの提案を受け入れてくれたのか……？」

「あくまでルームサービスでは、ですよ？『十月のうさぎ』のアフタヌーンティーには、指一本触れさせませんからね」

ノエルはしっかり釘をさす。

（本当は、あのうさぎ獣人の女性を慰《なぐさ》めてくれたことに免じて……だってことは、まあ言わなくていいか）

内心で考えつつ、ノエルは「ミルクは？　お砂糖は？」と尋ねつつ、人数分の紅茶を淹れ始めた。

ポットから香り立つ、独特の煙っぽい香りに、的場がおやと気づく。

「これは、正山小種《ラプサンスーチョン》かい？」

「ええ、そうです」

「うーん、わたしは嫌いじゃないが……アフタヌーンティーの一杯目には、ラプサンはちょっと冒険すぎやしないかね？」

的場が言うのももっともで、キームンと並んで中国産紅茶として知られるラプサンスーチョンは、松の薪《まき》で燻《いぶ》した独特のフレーバーがあり、とてもクセの強い茶だ。好きな人は非常に好きだが、「整腸剤《クレオソート》の匂いがする」と言って敬遠する人も多い。総支配人の八橋はそのクチのようで、くん、と鼻を蠢《うごめ》かせたあとは、「腹下しの薬の匂いだ……」と、露骨《ろこつ》に顔をしかめていた。

「そうですね、でも今日のメンバーは男性ばかりなので、力強いお茶がいいかと思って」

そう言って、ちらっと大神のほうを見る。この茶を選んだとき、脳裏に浮かんでいたのはこの男の顔だ。この威風堂々とした男なら、あるいはこのクセの強い茶を気に入るかもしれない、と思ったのだ。

「うーん……わたしにはこれはちょっと……」

カップを持ち上げた八橋総支配人は、やはり芳《かんば》しくない反応で、まるで漢方の煎《せん》じ薬でも飲むように、そろそろと啜《すす》っている。嫌いではない、と言っていた的場は、その言葉通り、堂に入った手つきで悠々と飲み干した。そして大神は――。

「ほう、うまいな、これは」

予想以上に好意的な反応だ。ノエルは思わず破顔した。

「お気に召しましたか？」

「ああ、今まで口にしたことのない味と香りだが、気に入った。確かに男っぽい味だ」

「でしょう？　スモーキーフレーバーは、ウイスキーや葉巻にも通じるものがありますからね。たおやかで女性的な紅茶文化の中では、珍しく男性的なアイテムなんです」

この男に合いそうだ、という予想が的中して、ノエルは喜び安堵した。ああ、よかった。ぼくの給仕長としての力量も、まだまだ捨てたものではないようだ。

「さぁて、じゃあ、まずは作法通りに、サンドイッチからだな」

的場の号令で、三人の男たちがいっせいに三段スタンドの一番下に手を伸ばす。意外にも一番素早く獲物を掻っ攫《さら》って行ったのは、大神だった。ひと口サイズの卵サンドを咀嚼して、ひと言。

「うまい」

思いがけず素直な好反応が得られたことに、ノエルは喜色《きしょく》を露わにした。

「本当ですかっ？」

「ああ、これ、何かアクセントにハーブが入っているか？　この小さく刻んだ緑色のやつ」

「はい、つぶしたゆで卵にペッパーグラスっていう辛みのあるスプラウトを彩り程度に入れて、あとはマヨネーズとマスタードを混ぜてあります。それから、コクを出す隠し味に、グラニュー糖をほんの少し」

「凝っているな。こってりしていて好みの味だ。こっちはスモークサーモン？」

「ええ、そちらには刻んだディル――魚には定番のハーブをまぶしてあります。それとクリームチーズ」

「なるほど、サーモンとチーズの組み合わせが、この紅茶のスモーキーさと相まっていい感じだ」

「わかってくださいましたか！」

それを狙《ねら》っていたんです、と、ノエルはつい、はしゃいだ声を上げた。この気難しい男の理解を得られるのは、まるで思いがけない宝物を手に入れたように嬉しい。やった、やった、とあまりに嬉しくて握った拳を振り、的場と八橋が驚きの表情で固まっていることにも、気づかないほどに。

大神の口元が、ぱりっ、と音を立てる。

「うん、このキュウリサンドもすがすがしい味だ。きみがあのホテルで、キュウリのサンドイッチがない、と怒りだしたときには、正直、キュウリがそれほどのものか？　と思ったが」

八橋の手元の茶が、たぷん、と揺《ゆ》れる。「ホテルで……？」というつぶやきは、小さすぎてノエルの耳にまでは届かなかった。

「キュウカンバーサンドイッチは『テーブルの上の貴婦人』と言われ、アフタヌーンティーには欠かせませんから。今日のは、パンにはレモン果汁を混ぜたサワークリームを塗って、薄くスライスしたキュウリを互いがちょっとずつ重なり合うように並べて、そこに生ミントを散らしてサンドし、カットしてあります」

「なるほど、それでこのさわやかな味か。キュウリもたった今切ったみたいにシャキシャキしている」

「スライスしてから冷たいビネガー水で締めるとそうなるんです」

「ほう」

大神は決して多弁ではなく、だが誠実にノエルの仕事と向き合ってくれていた。そのことに、なぜか頬が熱くなり、胸が高鳴った。

「さ、さて、じゃあ、次はスコーンをいただこうか！」

な！　と、的場がなぜか力を込めて告げる。その斜め後ろで、八橋総支配人が「ふたりでホテルに……」とつぶやいていることには、ノエルも大神も気づかない。

大神が、三段スタンドとは別皿にサーブされたスコーンの皿の銀の保温器《クロッシェ》を取り除《の》ける。

「ふふ、きみのスコーンだな」

大神はにやりと笑った。あのホテルでのスコーンのサーヴィングに対するノエルの厳しい意見を、思い出したのだろう。

「実は、以前焼き立てを試食させてもらったときから、これに温かいうちにクリームをつけて食べてみたくてたまらなかった」

ノエルはまた、ふふ、と笑う。この男にしては、ずいぶん可愛いことを言うではないか。

「でも、今日のはいつにも増しておいしいと思いますよ」

「ほう？　これにも何か仕掛けが？」

「さあ、とにかく食べてみてください。『オオカミの口』から上下ふたつに割って、先にジャムを零れない程度に、次にその上からクロテッドクリームをたっぷり、山のように」

「こうか？」

「まだまだ、もっともっと！」

ノエルの気合いに押されるように、大神はスプレッダーナイフで何度も薄黄色いクロテッドクリームを盛り上げ盛り上げした。しまいには富士山《ふじさん》のようになってしまったそれを手に戸惑っている大神を、ノエルは「はいっ、ぱくっと大きな口で思い切りかぶりついて！」とけしかける。

大神は本当に、それこそ赤ずきんに出てくる悪いオオカミのような大口で、クリーム山盛りのスコーンを、ひと口でやっつけた。鼻先にちょっぴりクリームがついてしまったのはご愛嬌だ。

「どうです？」

「これは――」

大神は目を丸くしている。ノエルは胸を反らして、「おいしいでしょう？」と得意満面だ。

「な、何だこれは？」

戸惑いの声を上げたのは、八橋だ。

「いつも使っている輸入物のクロテッドより数段濃厚でおいしいじゃないか！　それにこのジャムの鮮烈な味！」

「森野くん」

的場オーナーがノエルのほうを見る。いたずらをしかけた子どもを咎《とが》めるような目だ。

「これ、例の渡会さんのところから特別に新鮮なやつを分けてもらったんだろう？　いつもはホテルで消費するほど量が作れないからって、入れてもらえないやつを」

「はい、実はそうです」

「このジャムも市販品じゃないね」

「ええ、実はわたらい牧場の近隣で最近、ベリーの栽培を試験的に始めた人がいて、その人から今年一番のラズベリーと黒すぐりを分けてもらって、ぼくが今朝煮ました」

少しレモン果汁を加えて——と説明し始めたとき、「きみがこれを？」と大神の声がした。

「ええ、英国では気候が合うせいかベリー農家がたくさんあって、初夏ごろには市場にたくさん出回るんですが、日本ではまだ珍しくて……その珍しい農家さんを、渡会さんが紹介してくださったんです」

「ふーむ」

的場がうなりつつ考えこむのを横目に、ノエルはさっと大神に目をやりながら、説明した。

「クリームも、わたらい牧場では大手メーカーのように均一性にこだわらず、その時期その時期の牛乳の個性を生かして、丁寧に手作業で加工しているんです。だから初夏の今の時期は、新鮮な夏草の香りがするはずです。おいしいでしょう？」

「ああ……驚いたよ」

はみ出たクリームを親指の腹でぬぐいながら、大神が言う。そんなちょっとした仕草に男らしい色気があって、ノエルはどきりとする。

「クリームもジャムも素晴らしい。だがやはり、きみの焼いたこのほろほろの、小麦の香りが立つスコーンのおいしさあってのものだな」

さすがだ、とつぶやかれて、ノエルは思わず変な動き方をしている心臓の上を押さえた。

（あれ？　何だ、これ――？）

碧眼が、まるで吸い込まれるように大神の整った目元に向かう。どうしても、目を離せない。ドキドキ、ドキドキと、心臓が早鐘《はやがね》を打つ――。

（いや、こんなのは何でもない、何でもないんだ）

ノエルは自分に言い聞かせた。

（この男があんまり格好いいから、きっとまた自分は羨んでいるのだ。そうだ、きっとそれだけだ――）

「森野くん森野くん、あのね」

大神を見つめっぱなしのノエルに対して、割って入るように的場が言う。

「ペイストリー（甘い菓子）の感想はあとで伝えるから、とりあえずラプサンが苦手な総支配人のために、ダージリンのオーソドックスなやつでも淹れてきてあげてくれないかな」

「あ、そうですね。では少しお待ちください」

そう言って、ノエルが部屋を出、ほどなくポット一杯分の茶を持って扉をノックしようとした時、中から的場の声が聞こえた。

「大神くん大神くん」

的場はにっこり笑いながら、大神に尋ねてくる。

「単刀直入に聞くけどさ、きみ、森野くんとふたりでホテルに行ったの？」

「ええ、行きましたが、それが？」

「えっ！」

驚愕したのは、八橋総支配人だ。またか、という調子で、大神がため息をつく。

「誤解しないでください。知り合いがいるホテルのティールームで、茶をしただけです」

「ふーん、で？　そのお茶デートの現場で、何があったのかな？」

的場の声は、愛娘《まなむすめ》がボーイフレンドとどこまでどうなったかを、物柔らかに問い詰める父親のそれだ。

「このアフタヌーンティーさ、あんなに嫌がっていた三段スタンドまで使って、あの子にしちゃずいぶんきみに譲歩してるじゃないか。きみたち、ぼくが知らない間に、ずいぶん仲良くなったみたいだねえ。……いったい何があったの？」

微妙に声の調子を辛辣《しんらつ》にした的場に、大神はまたため息をついている。

「プライベートでの行動まで、あなたに報告する必要がありますか？」

バカバカしい、という口調で、大神は切って捨てた。ドアの外のノエルはぎくりとする。大胆な男なのはもう知っているが、オーナーに対してこの口の聞きようはない。

だが、的場は怒りもしないで「そうだけどねぇ」と受け流した。

「そりゃ、とうに成人した大人の人間同士に何が起ころうと、上司の関知するところじゃないし、ぼくもそんな野暮《やぼ》はしたくないんだけどさ。ノエル――森野くんはちょっと特別な経緯があってぼくが身元を引き受けた子でね」

「オーナーにとっては息子か孫のような存在なんですよね、彼は」

八橋の声だ。

「だからと言って、従業員をえこ贔屓するのは感心しませんが――」

その八橋の苦言に、的場は口先を尖《とが》らせたようなブーイングの声で応えた。

「してないよー。仕事に関しちゃ全員平等に接しているつもりです。まあ内心、あの子を特別可愛いと思っていることは否定しないけどさ。森野くんは上司の贔屓に驕るような子じゃないし、ぼくが甘いぶん、八橋総支配人が厳しいんだから、ちょうどいいでしょ」

的場の声の方向が変わった。八橋から、大神に向き直った気配だ。

「森野くんはさ、何しろあの容姿だからね。今までも悪い狼に狙われたことが何度かあったらしくて、ぼくも心配でね」

「……悪い『狼』ですか」

何かひどい嫌味でも言われたかのように、大神の声は不機嫌に低い。だが的場はそんなことにはお構いなしだ。

「ねえ大神くん。もしきみに本気で、あの子とどうこうなる気があるんだったら……」

「ありませんよ」

即答である。

「あったとしても反対はしないけどもさぁ……そうなった暁《あかつき》には、ぼくにひと言欲しいなぁ」

猫なで声で不穏にのたまう上司を、大神はげんなりとした声で、「はいはい」とあしらう。それに八橋が、「はい、は一回で」と注意してくる。

「まったく最近の若いのは、目上の人間に対して――」

八橋の苦言も、大神はさらりと聞き流したようだ。

「おお、このケーキはにんじん入りだねぇ。今は大丈夫だが、ぼくは子どものころはにんじんが嫌いでね、母によく、細かく刻んだりすりおろしたり、手を変え品を変え、うまく食べさせられたのを思い出すよ」

的場のほがらかな声が響き、それを機に、ノエルはドアをノックした。

――手が震える。どうして震えているのかもわからないまま。

手にした盆の上の紅茶ポットが揺れ、ふたがカタカタと音を立てていた。

「ありがとう、ノエルさん。相変わらずあなたのお紅茶は本当においしいわ」

安楽椅子に腰かけ、窓からの朝日を浴びながら、おっとりとノエルに告げたのは、峰岸百合子《みねぎしゆりこ》、という名の上品な老婦人だ。ノエルはティーポットとカップを盆の上に回収しつつ、「こちらこそ、いつもご愛顧《あいこ》ありがとうございます」と返す。

峰岸は「ナーサリーライム」の長年の常連のひとりだ。見た目は小柄で地味なふつうの老婆だが、実は、若くして死別した夫君《ふくん》の起こした小さな出版社を、自分一代でベストセラーを連発する大会社に育て上げた立志伝中の人物である。老齢で経営を退いた今も「ナーサリーライム」を愛し、こうして半年に一度は二泊ほどして行くが、そのたびにノエルの紅茶を所望《しょもう》し、ルームサービスでゆっくりと味わっては、毎回同じことを言うのだ。「あなたのお紅茶は本当においしいわ」と。

そんな峰岸がいつも朝の目覚めの一杯に所望するのは、濃厚なロイヤルミルクティーだ。水とミルクを一対一で混ぜたものを手鍋で沸騰《ふっとう》寸前まで加熱。そこへお湯でふやかした多めの茶葉を投入し、軽くかき混ぜ、少し長めに保温してから濾してポットへ移す。

意外だが、ロイヤルミルクティーは英国ではなく、日本が生み出した紅茶だ。ノエルが作るそれは、日本に来てから伝授されたレシピを改良し、少しミルクの割合が多めで、しかもわたらい牧場のジャージー牛のミルクを使っているから、実にこっくりと濃く、「カップの中でスプーンが立つ」と言われているほどで、火加減や蒸《む》らす時間の長短がとても難しい。峰岸が、いつも「ノエルさんの」紅茶を所望するのは、それが理由だ。ノエル以外の者の手では、まだ彼女の好み通りのミルクティーを淹れることができないのである。難しい仕事だが、光栄なことだ。

「けれど、わたしももう体があちこち痛むようになってきてしまって――。あと何回くらい、このホテルであなたのお紅茶をいただけるかしらねぇ……」

しみじみと噛み締める傘寿《さんじゅ》過ぎの老婦人に、ノエルは笑顔で告げる。

「そうですね、峰岸さまなら、おそらくあと一〇〇回ほどでしょうか」

「まあ、この子ったら」

ほほほ、と峰岸は笑った。

「そんなお世辞が言えるほど日本語がうまくなってしまって」

「これは失礼いたしました」

「あら、うふふ、別に怒ってなんかいないわよ。このホテルの人たちは本当にいつも行き届いているもの。新しく始められた、アフタヌーンティーのルームサービスも、昨日さっそく楽しませてもらいましたよ」

ノエルは改めて一礼した。

「ありがとうございます。思い切った試みだったのですが、おかげさまで、ほかのご常連のお客さまがたからも御好評いただきまして、わたくしどももホッとしております」

「やっぱりあの、お菓子やサンドイッチを満載したスタンドがテーブルにあると場が華やぐし、気持ちが浮き立つわ……ただ、ねえ」

峰岸が小首をかしげる。

「今回、『ハートの女王』のお部屋が空いていなかったことだけは、少し残念だわ」

「それは、返す返すも申し訳ございません」

「いいえ、いいのよ。素敵なお部屋がお客さんの間で取り合いになるのは仕方ないことだわ」

峰岸は、いつも六階にある特別室を指定して予約を入れてくる。だがそこは今回、別の客がすでに押さえていたのだ。それも、長期にわたって。

「でも、今どきこの日本で、ホテルのスイートルームに居住だなんて、豪勢なことをする人がまだいたのねぇ」

ほぅ、と老婦人はため息をつく。

「わたしが若いころは、どこかのお大尽《だいじん》のお妾《めかけ》さんとか、銀幕のスタァ女優さんだとかが、箔《はく》づけにホテル住まいをしているなんて話はよくあって、みんな羨んだものだけれど、このごろはお金持ちの人も、プライバシーが大事だとかで、自分で豪勢な家を建てたり、高いマンションを買ったりするほうを好まれるでしょう？　ホテルや旅館で缶詰めになる作家先生もめっきり減ったみたいだし。わたしがここでお仕事をさせてもらったころとは、もうずいぶん色々変わってしまったわねぇ」

「はい、時代の流れでございますね」

ノエルは答えた。その昔の若かりしころ、峰岸は引き継いだばかりの出版社の経営を軌道に乗せるべく、このホテルに籠《こも》って、やっとの思いで翻訳権を獲得した海外のベストセラー作品の翻訳作業に励んだそうである。その甲斐あって、その作品の日本語版は当たり、出版社は飛躍的に大きく発展することになった。

「ふふ、でも、あのときわたしが訳した本も、もう今では古典扱いになっちゃったわ。ご存じかしら？　あなたみたいな、素敵な青い目の男の子が出てくるイギリスのお話よ、ノエルさん」

「『銀の森のウィニー』シリーズですね」

ノエルはテーブルの上を布巾《ふきん》で拭きながら、ホテルのロビーにある古びた蔵書の題名をすらすらと答えた。児童文学大国である英国においても屈指の名作と名高い、かの魔法ファンタジーの日本語版がものされたのが、このホテルの一室だというのは、「ナーサリーライム」にまつわる数々の逸話《いつわ》の中でも、有名な部類に入る。

「ですがわたしは、せいぜいお客さまにお茶とお菓子をお出しするくらいで、あの物語の主人公のように、万能の魔法薬を調合できないのが残念です」

「ふふ、そうねぇ」

女史は魅惑的な含み笑いを見せた。

「でも、あなたのお茶とお菓子は、本当にウィニーの魔法薬と同じくらい、人を幸せにする不思議な力があるわよ、ノエルさん」

「それは光栄です」

ノエルはひどく照れながら、「また御用がありましたら、お呼びください」と一礼して、峰岸の部屋を退出した。

そうして、飲み干されたロイヤルミルクティーのポットとカップを載せた銀盆を手に、廊下を歩いているところで、「あの男」がやってくる気配を感じたのだ。

(……っ、来る)

うさぎ獣人としての本能のようなものだろうか。ノエルは「強い相手」の気配に敏感なのだ。さっと物陰に身を隠す。

(我ながら意識しすぎだとは思うけれど……)

ノエルの心をかき乱すのは、先日バックヤード・オフィスのドアの前で漏れ聞いた会話の記憶だ。

――もしあの子とどうこうなる気があるんだったら……。

――ありませんよ。

あるわけがない。それは当然のことだ。逆に尋ねられたのがノエルでも、きっと同じ返事をしただろう。

けれども――けれどもほんの少しだけ、ノエルは動揺したのだ。自分とそういう関係だと見られているにもかかわらず、大神は平静に反応しただけだった、という事実に。

大神の眼中に、自分がそういう相手としてはかけらも存在しない、という事実に――。

（まさかと思うけれども）

ぼくはあのとき、失望したんだろうか、とノエルはぼんやり考えた。少しだけ、ほんの少しだけ、大神亮という男のことを、そういう意味で意識し始めていたんだろうか——。

そんな風にぐるぐる考え続けていると、頭とお尻のあたりが、妙な具合にむずむずし始めてしまう。そしてまた、抑制剤に頼るしかなくなる。

だからあれ以降、ノエルは大神をひどく避けている。逆にそのことで、意識していることがありありとわかるほどに。「ナーサリーライム」は小所帯のホテルで、従業員同士ならば、最低でも日に数度は行き合うのがふつうだ。なのにノエルはすれ違いざまに「お疲れさまです」とさらりと言うこともできず、その気配だけで飛んで逃げているのだから。

（まったく、何をやっているんだろう、ぼくは……）

ノエルが、どきどきと脈打つ自分自身の心を理解できずに煩悶《はんもん》しているそこへ、一段一段踏みしめるような足音とともに、大神亮が階段を上ってきた。

（ああ……）

物陰からこっそりと顔を半分だけ出して、ノエルはつい見惚《みほ》れてしまう。

ホテル「ナーサリーライム」のレトロモダンな景色に、大神亮の若いながらも堂々たる威容は、実によく映える。名画に例えるなら、ラファエル前派か一九世紀ロマン派あたり。愛してやまない古風なホテルと、おそらくは日本でも屈指の美男という組み合わせだ。どうして凝視せずにいられるだろうか。

（いや別に、大神亮だからじゃないんだ）

大神亮なんて男は、関係ない。ただこの美しいホテルに、絶世の美男がいる、という光景がたまらないのだ――と、ノエルは身震いしながら考える。そうだ、そうに違いない。うん、そうに決まっている。うん。

この日、「ナーサリーライム」では、早朝から、某新郎新婦の挙式及び披露宴《ひろうえん》の準備が進められており、スタッフたちはいつにも増してせわしなく立ち働いていた。ノエルも早めに出勤し、忙しいメイドやサービスマンたちに代わって、自ら峰岸にルームサービスを届けていたのである。その帰りに、大神と行き合ったのだ。場所は四階の階段。物陰から後ろ姿を目で追っていると、大神は両手で一人前の洋風朝食を載せた銀盆を捧げ持っている。

ゆっくりと、慎重な足取りだった。まるでまだ研修中の慣れないボーイのような。

ノエルは不審を感じた。

（経営側の彼が、何で、誰に朝食を――？）

何となくモヤモヤしたのは、その姿から、新婚初夜が明けた朝、新郎がベッドまで新妻のために朝のお茶かコーヒー――場合によっては朝食――を運ぶ、という色っぽい慣習を連想したからだ。

（まさか彼、このホテルで、ゆうべ誰かと親密な時間を過ごしたんじゃないだろうな――）

いやいや、まさか。ホテルマンが客と関係を持つなんて、考えられないことだ、とノエルは眉を寄せて考える。だがあの大神の男ぶりでは、誘惑の虫を疼《うず》かせる女性がいたとしても、無理はない。あるいは大神のほうが連れ込んだのか。何しろ大神には、あの的場がマジックで取り出した「ナーサリーライム」という名のバラを捧げた女性がいるのだ。

(で、でも、職場でまさか、恋人と逢瀬《おうせ》だなんて、そんな――)

そうしてノエルが物陰で疑惑に囚《とら》われていると、大神の足はさらに一層階段をのぼり、五階フロアの隅のほうへと向かって行った。彼が立ち止まったのは、「特別室The Queen of Hearts《ザ・クイーン・オブ・ハーツ》(ハートの女王)」の真鍮色のプレートのついたドアの前だ。このホテルで唯一、エレベーターでは到着できない最上階にある庭付きスイートルーム。

「っ、と」

盆の上の食器をガチャガチャ言わせながら、大神が苦労して片手でドアノブをひねっている。その不器用さに、思わずノエルが助け舟を出そうと足を踏み出しかけたとき、重厚な飴色の木のドアが開いた。

ドアの内側は、のぼりながら左に曲がる階段。

大神は片手で重い盆を持ちつつ、入室してドアを閉じ、すぐに内側からガチャリと錠をおろした。

その音に、ノエルは衝撃を受ける。

(誰にも入ってきてほしくないってことか……?)

ただのルームサービスなら、安全と信頼の観点からも、ホテルマンはいちいちドアに鍵をかけたりしない。

（今、あの部屋の中には、彼が決して逢瀬を邪魔されたくない誰かがいるんだ）

そのことを、あの音は、絶望的なまでにはっきりと知らせてきた――。

ゴンッ、と音がした。

立ち去ろうとしたノエルが、柱に額をぶつけた音だ。

一階にある小さなチャペルから、かすかに、カランカラン、と祝福の鐘の音が響いてきた。


ノエルが「十月のうさぎ」の厨房で、昼さがりの忙しい時間帯をさばき終わったころには、チャペルの鐘の音はもうやんでいた。先ほど外から歓声が響いていたから、出席者たちによる新郎新婦の門《かど》出《で》の見送りも済んだのだろう。

「どうしたんですか森野さん！　額にアザが！」

食器を下げて厨房に戻ってきた若いメイドが、ノエルの顔を見て悲鳴を上げる。

「あ……いやちょっと……その、今朝、女王さまの御前でドジをしてね」

ノエルの言い訳に、メイドは「女王さま？」と小首をかしげた。

「何があったか知らないですけど、ちゃんと手当てしてくださいね。森野さんのきれいな顔は、このホテルの看板なんですから――ああ、そうそう、女王さまといえば、例の六階の特別室にご滞在のお客さまのことなんですけど」

見てください、とメイドが差し示した銀盆には見覚えがあった。明らかに大神が朝方、あの部屋に持参していたものだ。

そこには、まったく手付かずのまま下げられてきた洋風朝食が一式、冷めて固くなってしまっていた。生クリームとバターたっぷりで仕上げ、ぱらりと黒コショウを振ったふわふわのスクランブルエッグ。小さな瓶入りマーマレードがついた、いい焼け具合の三角形のトースト。同じく焼きトマト。焼きソーセージ。焼きベーコンは、脂《あぶら》が固まってしまっている。コージーを被せたポットの中のキームン茶には、まだほのかにぬくもりが残っているが、カップには紅茶を注いだ形跡すらない。本格英国風を謳《うた》う「ナーサリーライム」のイングリッシュ・ブレックファストのおいしさには定評があるというのに、もったいないことだ。

「さっきお部屋のお掃除のとき、お下げしてきたんですけど、もう三日ほども、毎日こうなんです」

「え、毎日？」

「ええ、あそこのお部屋の方は毎日三食ルームサービスで、ラウンジにもレストランにも降りてこられないんです。だから、この三日間は、まったく絶食されているご様子なんです」

「……毎食ルームサービス？　じゃあ、お部屋にもずっと籠りきりで？」

甲斐甲斐しく自ら朝食を運ぶ大神の後ろ姿を思い出しつつ、ノエルが問う。するとメイドは困惑しつつうなずいた。

「そうなんです。チェックインなさってからもう三か月くらいは経つはずなんですけど、わたしが知る限りは一歩もお部屋から外へは……もともと極端に小食の方ではあるんですけど、まったくお召しあがりにならないまま三日も過ごされているなんてことは初めてです。こんな様子で大丈夫なのかしら――」

まったく手の付けられた形跡のない朝食一式を眺めて、メイドとノエルは「うーん」と思案に暮れた。

「どこか具合の悪そうなご様子？」

大変なことになる前に、何かできないか、と考えつつ尋ねると、メイドはまた首をかしげた。どう表現したらいいのかしら、という表情だ。

「あまりじろじろ見ないようにしていますけど、ちらりと拝見したところでは、きれいな総白髪の、上品な年配のご婦人です。お肌の張り具合なんかは、まだそれほどお年を重ねた方、という感じはしませんけれど」

それを聞いて、ノエルは「え？」と声を出して驚いた。ひそかに脳裏に描いていた大神にふさわしい妙齢《みょうれい》の美女とは、あまりにかけ離れた女性像だったからだ。

「でも、もうそろそろ暑い時期になるのに、いつも頭から厚いストールを被って、まるでお顔を隠すみたいにして、安楽椅子に身じろぎもせず座っておいでで、お声を発したこともなくて――なんていうか、ちょっとお人形みたいなご様子で……」

精神的に不安定なところがある人だ、という意味を滲《にじ》ませて、メイドは答えた。

「的場オーナー直々《じきじき》に、よくお世話して差し上げてくれ。でもくれぐれも、あまり構いすぎずに、とご指示がありました。いつも大きな宝石のついたブローチを身に着けておいでで、身なりも上品でいらっしゃるので、オーナーと何かご縁がおありになる方なのかな、と思っていたのですが——」

「……そう」

ノエルはうわのそらで返事をした。ふと、ある可能性に思い当たったからだ。

(もしかして、その白髪の上品な婦人というのは、オーナーではなく大神の係累《けいるい》——?)

それなら、彼が自ら朝食を運んでいたことに説明がつく。考えてみれば、あのバラを渡した相手の「彼女」とやらも、恋人であるとは言っていなかった。家族のうちの女性の誰か、ということだって、文脈からすればありえるのだ。

ノエルは、ほっ、と息をついた。もやもやしていた気分が晴れる。なんだ、そうだったのか。いやまあ、大神が凄く年上の女性が好みで——という可能性もまだあるが、総白髪の女性というからには、彼の祖母、ないし叔母《おば》、もしかすると母親、と考えるのが妥当なところだろう。うん、きっとそうだ。そうに違いない。

「すると恋人ではなくても、彼にとって、大事な女性であることに変わりはないわけだな——」

メイドの戸惑った視線を受けながら、ノエルはつぶやきつつ、思案を巡らせた。

そうして、ノエルが「特別室のご婦人」のために用意したのは、「ショートケーキ」と呼ばれるビスケット菓子だった。日本の洋菓子店で定番になっているケーキの原型になった菓子だが、本場英国ではふわふわのスポンジケーキではなく、薄いビスケットの間に生クリームとフルーツを挟んだものをそう呼ぶ。英国英語で「Short《ショート》」とは「サクサクしたもの」という意味である。

その、サクサクのビスケットの間にクリームと共に挟むのも、上に飾るのも、愛らしく濃いピンク色をした、新鮮な旬のラズベリーだ。いかにも女性が好みそうな外見に、さらに粉糖《ふんとう》をふんわり振りかける。するとラズベリーの紅《あか》に粉糖の白が新雪のように映えて、見るからに蠱惑的な菓子になる。

紅茶は空っぽの胃袋にもやさしいように、たっぷりのロイヤルミルクティー。峰岸女史にお出しするのと同じくらいにミルクが濃厚なものを。

「さて」

ワゴンの上に一式を用意して、「どうだろう」と振り向くと、ふだん、「ハートの女王」の世話を任されているメイドは、「とてもいいと思います」と笑顔でうなずいた。

「お客さまに差し上げずに、わたしが今すぐ食べちゃいたいくらい」

「いつでもごちそうするから、今は我慢して」

ごくり、とのどを鳴らすメイドに、ノエルはそう笑って答えた。女性の心に響くように、可愛らしく、彩りよく、甘くおいしそうに、と心がけて作った紅茶セットだが、どうやら思惑通りにできたようだ。

（せめてほんのひと口でも、お口に入れていただけるといいのだけれど――）

部屋のキーを預かる彼女に先導してもらいながら、ワゴンを押して、五階までエレベーターで昇る。そこから銀盆を手にして目指すは、幻の六階部屋「ハートの女王」だ。

「失礼いたします」

返事がないことは予想していたが、一応、ドアの外から挨拶《あいさつ》だけはしておいて、メイドに鍵を開けてもらう。蝶番《ちょうつがい》がかすかに軋《きし》んで、ドアが開いた。

盆を手に、慎重に室内の階段をのぼる。左へ曲がる階段をのぼりきると、壁一面のガラス戸からの光で、視界が急に明るくなる。

水音がする。竹筒からつくばいに、水が一筋落ちている。モーターで循環させているものだが、和風の雰囲気を演出する、ゆかしいしつらえだ。

「あの……」

ノエルはそろりと声をかけた。こちらに背を向けた安楽椅子の天辺《てっぺん》から、ストールを被った頭部が覗いている。そのストールから流れ落ちる髪は、なるほど見事な総白髪だ。

ノエルの気配は感じているはずだが――微動だにしない。きらりと華麗な緑色の光が一瞬閃《ひらめ》いたのは、婦人の被るストールが、大きなエメラルドの嵌められたブローチで留められているからだ。

「マ、マダム――？　あの、失礼いたします。お茶とお菓子はいかがでしょうか？」

「――……」

「食が進まれないとお聞きしましたので、今が旬のアッサムのセカンドシーズン茶葉で、ロイヤルミルクティーを淹れてみました。いい感じにコクがあっておいしいかと思います。お菓子は英国風のショートケーキで……その、新鮮なラズベリーが手に入ったので、きっとこちらもお気に召すかと――」

「――……」

「マダム？」

一向に反応がないのを見て、どうしよう。とノエルは困惑した。たぶん、ここでお茶とお菓子だけ置いて帰っても、あの冷めきった朝食と同じ運命をたどるだけだ。菓子にもお茶にもそれなりに心を込めただけに、それは少々切《せつ》ない。

ノエルは思い切った。「失礼いたします」と声をかけて、絨毯の上を一歩踏み出したのだ。一歩、また一歩と歩みを進めて、安楽椅子に近づく。

すると、意外なことが起こった。

婦人の頭のストールが、ぴくぴくと動いたのだ。その動きに払いのけられるように、はらりとめくれたその下から、白い和毛《にこげ》の生えた獣の耳がふたつ。

「マダム！」

――あなたは！

そう喚《わめ》きかけた瞬間、ノエルの右手首に、がっしりと爪が立てられた。

ガシャーン！　と、床に銀盆の上の紅茶セットがぶちまけられる。

「グワァァァァ！」

ノエルは悲鳴も上げられず凍り付く。

振り向いた婦人の形相《ぎょうそう》は、すでに人間のものではなかった。口元からは牙が生え、目は満月のような琥珀色《こはくいろ》。ぶん、と空を切ったのは、背後に生えている純白の尻尾。そして頭から生えた、ふたつの大ぶりな耳。

（狼獣人――！）

「うわぁぁ！」

ノエルは尻もちをつくような形で転倒した。必死に爪を振り払った手首に傷がつき、血の匂いが鼻をかすめる。その匂いに、狼獣人の婦人の鼻先がひくん、と動く。

ノエルは全身が総毛《そうけ》立った。無様《ぶざま》に床に這《は》ったまま、ずりずりと後ろに下がる。喰われる――と、うさぎ獣人の本能が全力で叫んでいる。逃げないと、早く逃げないと……！

「ヴ、ヴ、ヴグワァァァ！」

だが婦人は、じりじりと間合いを詰めてくる。ノエルは手首から血を流しながら後ずさることしかできない。自分の荒い呼吸の音と、破裂しそうな心臓の鼓動《こどう》が響く。

「森野さん！　どうしました！」

階下からメイドの声が響く。異常を察知して、今にも駆け上がってきそうな彼女に、ノエルは「き、来ちゃ駄目……」と、か細い声でかろうじて告げた。

「来るな、来ちゃ駄目だ。に、逃げて、逃げて……！」

獣と化した婦人が床を蹴った。躍《おど》りかかってくるその牙が、ノエルの瞳に映る。映ったその影が、どんどん大きくなる——。

もう駄目だ——と思ったそのときだった。

「ノエル！」

何者かが、そう叫びながら、狼獣人とノエルの間に割って入った。

「お……」

ノエルは双眸を瞬いた。狼獣人の牙をしっかりと自分の腕に喰い込ませ、その襲撃を寸前で止めているのは、間違いなく大神亮だった。どうして今、彼がここに——？　と茫然としていると、その大神の肘から鮮血がぼとぼとと滴《したた》った。

ノエルは、あっと声を上げた。狼獣人の牙は大神の腕の皮膚を、深々と食い破っていた。それでも大神自身は、狼獣人と力を拮抗《きっこう》させてがくがく震えながら、凜と頑強に立っている。

「——落ち着いて」

そして穏やかな声で、猛《たけ》る婦人に言い聞かせるように告げる。

「落ち着いて、落ち着いて……人を襲っちゃ駄目だ。さあ、さあ」

ふーっ、と大神も深い呼吸をしてみせる。その頬から顎にかけて、汗が一筋滴った。

「おれだよ、亮だよ。さあ、落ち着いて——……かあさん」

お母さん。

ひゃっ、とノエルは声になりきらない声を上げてしまった。この狼獣人の婦人が、この男の母——？

「り……」

狼獣人の牙が、ゆっくりと離れていく。

「りょう……りょう、亮——！　わたし、わたし……！」

息子の血で口の周りを紅く染めた婦人は、たちまち人間の顔貌《がんぼう》を取り戻し、そして、どたり、とその場に倒れた。

ふぅ、と息をついた大神の左腕からは、なおもぽたぽたと血が滴り続け、ノエルはただそれを、茫然と眺めていた——。


「咬傷《こうしょう》や引っ掻き傷って後遺症が怖いからねぇ。一応、ふたりとも大きな病院で診《み》てもらっておいで。狂犬病と破傷風《はしょうふう》のワクチンも打ってもらおうか。一応、一応ね」

的場に言われて、ノエルと大神はふたり揃ってタクシーで病院送りになった。確実にワクチンが常備されているところに行かないと意味がない、ということで、トラベラーズ外来のあるクリニックに、的場があらかじめ電話で話をつけておいてくれたので、診察も接種もスムーズだった。もっとも、ひっかかれただけのノエルよりも、ざっくり噛まれた大神のほうがはるかに重症だったので、処置室から出てくるのは大神がかなりあとになった。

「——待っていてくれたのか」

日も暮れかけて、薄暗い待合室の長椅子にぽつねんと座っているノエルを見た大神の、それが第一声だった。左腕の肘から先に、びっちりと被覆剤《ひふくざい》とネットが巻かれている。

「……っ、それ」

あまりの痛々しさに絶句する。だが大神は平然として告げた。

「ああ、傷が意外に深かったし、オーナーが言う通り、噛み傷は切開して徹底的にきれいにしないと危険だからと——」

「切開して、って……ぬ、縫ったんですか？」

ノエルが息を呑んで立ち上がったのに、

「いや、ステープラーみたいなやつでバチバチ留められた」

最近は色んな医療器具があるんだな、と大神は呑気な反応をする。ノエルはつい、心配を通り越して腹が立ってしまい、「何言ってるんですか！」と息を荒げて詰め寄った。

「切開して治療して縫合《ほうごう》なんて、大手術じゃないですか。それも、ぼくを庇《かば》ってこんな——……」

思わず大神の、ケガをしたほうの手にそっと触れる。すると触れた手の上から、なだめるようにさらに大神の手を重ねられた。

「気にするな。庇ったと言っても、きみを無傷で守ってあげられたわけじゃない……痛むか？」

包帯を巻いた右手首に、思いがけない男のぬくもりが伝わってきて、ノエルは狼狽した。

「いえっ、ぼくは……」

大した傷ではなかった。爪で少し深くひっかかれただけだ。だがその傷に施《ほどこ》された包帯を、大神はまるで自分の傷より重傷であるかのようにそっと触れて労《いたわ》った。

「今さらだが、母は狂犬病でああなっているわけじゃない。その点は安心してくれていい。ワクチンはあくまで念のためだ」

「……」

「もうわかっていると思うが、母は狼獣人だ。母だけじゃない。おれの一族は、全員がそうだ」

——そうして。

ノエルはこの病院の待合室で、長椅子に並んで座り、タクシーを待ちながら、大神亮という男がこの世に生まれるに至るまでの、長い話を聞くことになったのだ。

「……大神家はいわゆる『地方の名家』でな。東京を遠く離れたとある山深い土地で、その地域の生き神様として崇敬《すうけい》を集めていた。おそらくこの世に最初の獣人が生まれたころからずっと」

すると大神家の生き神としての歴史は、一五世紀以来ということになる。日本史風に言えば室町《むろまち》時代以来という感じか。「地方の名家」としては、なかなかの歴史だと思うが、生家を語る大神の口調はきわめて冷淡だ。

「牧畜で暮らしを立てている欧州では悪役にされがちだが、熊や猪などの害獣に悩まされる日本の農家の暮らしには、それらを駆除する狼……すなわち『大神』の力は欠かせなくてな。大神家の人間は、その故郷で、代々『生けるご祭神』として崇《あが》められてきた。だが、そこで困ったことが起きた」

「困ったこと……？」

「きみも知っていると思うが、獣人の遺伝子は、本来かなり世代を飛び飛びにしか発現しない。ある世代に誕生しても、次の誕生が五世代あと、ということもある。昔は今より人の寿命が短くて、世代交代が早かったとはいえ、『ご祭神』に常にいてもらいたい土地の民にしてみれば、いつ生まれてくるかわからない狼獣人を待ち続けるのは歯がゆいわけだ。神サマがお留守で、ろくにご利益《りやく》も得られない状態であっても、お布施《ふせ》や寄進は大神家からきっちり要求されるのだから、不満がたまるのは無理もないがな」

「……」

こんなときまで皮肉を言わなくてもいいのに、と思いつつ、ノエルは大神の男らしい横顔を凝視した。物語られようとしているのは、決して茶化したりからかったりしてはならない、重く深刻な話である予感がした。

「大神家の側にしても、ご利益のある獣人があまりに長らく不在だと、生き神としての権威を保てなくなる。だから各世代、父から子、子から孫への各世代に、必ず、確実に獣人が誕生するように計らった」

ノエルは思わず声を大きくした。

「そんなことができたんですかっ？」

獣人になる因子は血統によって遺伝する。けれどその発現は、世代を隔ててごくまれにしか起こらない。ノエルは医者からそう聞かされた。それなのに一族全員が獣人――などと、そんなことが人為《じんい》的《てき》に可能なものだろうか？

それに対する大神の返答は、ひどくおぞましいものだった。

「できたのさ。代々血族結婚を繰り返して、意図的に血を濃くしていけばな」

「で、でも……」

ノエルの脳裏を、世界史の知識がせわしく往還した。血族結婚の繰り返しで、衰弱、没落していった王家や貴族は数々ある。たとえば古代エジプトのツタンカーメン王は、父母共に同じである実の兄妹の間に生まれたことが、ＤＮＡ研究で明らかになっている。そんな危険な近親婚が行われた理由はおそらく、「神聖な王家の血を薄めないため」であろうと推定されている。もし、それと同じか、それに近いことを大神家がやっていたのだとしたら――。

「でも、そんなことを続けていたら……」

「そう、その長年の愚行《ぐこう》の結果が、おれの母だ」

古代エジプト王朝の青年王が、おそらくは代々続いてきた血族結婚ゆえに、杖《つえ》を使わなくては歩けない虚弱な体に生まれてきたように。さらには彼自身、異母姉を妃《きさき》に迎え、ふたりの間の子は生きて誕生することなく、王家の血統もそれ以降断絶したように。

大神の母やその兄弟姉妹たちは、「濃い血の業《ごう》」を背負って生まれてきた——。

「母が生まれたとき、すでに大神家の係累は、心身に不調を抱えた人間が常に何人かはいる状態だった。大神家屋敷の地下には座敷牢があって、母が子どものころから、いつもそこに誰かが監禁されていたそうだ」

「……」

想像するだに陰惨な話に言葉を失っていると、大神はノエルに軽く頭を下げてきた。

「不愉快な話を聞かせてすまない。だがおれは、母の名誉を守ってやりたいんだ。母があゝなのは、決して母自身のせいじゃないことを、きみに理解してもらいたいんだ」

ノエルはうなずいた。

「ええ、大丈夫です。続けて」

その励ましを受けて、大神もまた、かすかにうなずいてから話を続けた。

「母はそれでも、まずまず健康体に生まれ、精神的に少々不安定ながらも何とか成人し、年ごろの美しい娘に育った。そろそろ、彼女と結婚する一族内の男を選ばなくてはならない。おれの父と出会ったのは、そんな話が出始めていたころのことらしい」

「……若き日のお母さんは、大神家の一族以外の男性を、自ら選ばれたということですか？」

意図的に血族結婚を繰り返すのが累代の掟《おきて》となっていた大神家で、他家の男と契《ちぎ》り、血の薄い子どもを産む。大神の母が選んだ道は、おそらく彼らの故地ではいばらの道だったろう。

「そう、そして生まれたのがおれだ。おかげでおれは大神家のバカバカしい血のしがらみからは逃れて生まれることができたが、決して望まれた子どもではなかった。なぜならおれの父という男は……」

大神は両のまぶたを揉《も》んだ。

「一族近縁の人間ではない、というだけではなく、よりにもよって、あの閉鎖的な土地で、代々大神家と敵対してきた家の人間だったからだ。ふたりの仲が祝福などされるはずはなかった」

沈黙が降りた。ふたりの頭上の古ぼけた蛍光灯が、ブーン……とかすかな音を立てている。

「それで……今その、お父さんは？」

「さあ、おれは会ったことがない。生きてはいるらしいがな」

「……」

大神はそれ以上、哀れな若いカップルが迎えた結末について語らなかった。語ったのは、母ひとり子ひとりになってからの母子の話だ。

「おれを連れて大神家に戻った母は、屋敷の隅の離れでひっそりと暮らすようになった。言うまでもなく、大層肩身が狭い暮らしだった」

「……」

「だが母は、自分はどうなっても、健康な息子だけはこんな因習に満ちた家に埋もれさせるわけにはいかない、と考えたらしい。おれは母の勧めで遠方の高校に進学すると同時に郷里を離れ、そのままアメリカに留学し、その後は一度も帰っていなかった」

「じゃあ、その間に、お母さんは……」

「そうだ、母はおれがアメリカにいる間に、地下の座敷牢に入れられていた」

大神はふーっ、と長く息を吐いた。

「どうやら母は、おれの学資を捻出《ねんしゅつ》するために、一族の財産に手を付けて、長老どもの逆鱗《げきりん》に触れたらしい。結果、陰惨な地下牢に閉じ込められたことが引き金になって、母は大神家の宿痾《しゅくあ》である心の病《やまい》に冒された。アメリカにいたおれは、そのことを的場オーナーから知らされて、初めて知った」

「オーナーから？」

「……的場氏はヘッドハントするにあたって、おれの身辺を徹底的に調査したんだ」

大神はフンと鼻を鳴らした。

「きみはオーナーに忠誠心を抱いているらしいが、おれに言わせれば、あのオッサン、なかなかどうして、大したタマだぞ。おれが絶対に拒絶できないネタをしっかり握ってから、交渉に臨んできたからな」

「……っ、そ、それは……まあ……」

ノエルにとっては恩人であるが、的場には確かにそういう、一筋縄ではいかない一面もある。一概に否定できずにいるノエルの顔を見て、大神はかすかに苦笑したようだ。

「母を一族の手から救い出して匿《かくま》い、おれのそばで、安楽な暮らしをさせてやる。その代わり、『ナーサリーライム』に骨を埋める覚悟で働け。それが的場オーナーがおれに提示したヘッドハント条件だ」

「ああ――」

ノエルは思わず声を上げた。「グランドアマゾン」のような巨大グループで、異数の出世を重ねていたというこの男が、比較すれば報酬も安いであろう「ナーサリーライム」のような小規模ホテルにどうしてやってきたのか、その理由が、初めて腑《ふ》に落ちた。大神はおそらく、心を病んだ母親を守るために、的場オーナーの示した条件を受け入れたのだろう。一族の手に取り戻されないよう、世間から隠れ住みながら、病《や》み疲れた心身を癒《いや》すには、「ナーサリーライム」の特別室は格好の場所だ。

「母がきみを襲ったのは、おそらくふたつの要因が重なったからだ。母自身の血の濃さからくる狂気と、狼獣人の本能を刺激する満月の時期と」

「ああ、ストロベリームーン……」

そうかと気づいたようにつぶやくノエルの顔を、大神が覗き込んでくる。

「スト……何？」

ノエルはどきりとしつつ答えた。

「いちごが旬になる季節の満月をそう言うんです。日本では春の果物《くだもの》ですが、英国ではいちごは初夏の味なので――」

「そうか、それできみは、母のためにいちごの菓子を作ってくれたんだな」

結局床にぶちまけてしまった菓子とロイヤルミルクティーを思い出して、ノエルは悔し気に訂正した。

「あれはいちごじゃなくてラズベリーです。いっしょくたにしないでください」

「――そうか」

大神は再度うなずいてから、いやいや、と首を横に振る。

「そんなのはどっちでもいい。おれが言いたいのは……」

「そんなのはっ？」

「いや、頼むからそこにひっかからないでくれないか」

言葉のアヤだ、と大神は珍しく下手に出て頭をかく。

「つまりだ、母のことを想い、労ってくれてありがとう、と言いたいわけだ、おれは」

「……っ」

礼を言った大神に驚くと同時に、ノエルが思わず身を縮こまらせたのは、いたたまれなかったからだ。事情も知らずに余計なことをして、結果的に大神に傷を負わせてしまったのに、大神はノエルの行動にありがとうと言う。

（ぼくは馬鹿だ）

憂鬱に沈むご婦人を慰めてあげよう、などという軽薄な善意で、どんな事情を抱えているかもわからない相手にうかつに近づいた結果がこれだ。自分だけが傷を負うならまだしも、大神にケガをさせてしまうなんて――とてつもない愚《おろ》かな行為をしたように思えて、ノエルは自己嫌悪に沈んだ。

（ぼくのせいで、彼が傷つくだなんて――）

するとそのとき、大神の腕に巻いたガーゼに、じわり、と血の色が浮かんだ。ノエルはあっと叫んで腰を浮かしかけたが、大神はそれを制した。

「大丈夫だ、落ち着いてくれ」

「だってあなた、まだ血が……！」

「縫い留めたばかりだからな。もう少し出血するかもしれない、と医者にも言われている。きちんと処置はされているし、あとで処方された薬も飲む。いいつけを守って、しばらくは安静にもするから、そう心配しないでくれ」

大神の顔に浮かんでいるのは、狼狽するノエルへの、慈《いつく》しみの表情だった。この不愛想な男がこんな顔を。こんなやさしい顔を自分に向けている。そう思うと、ノエルは突然、胸が詰まるような、たまらない気持ちになった。

「……すみませんでした」

「――ん？」

「こんなことになったのは、ぼくがうかつに、あなたのお母さんを怒らせてしまったせいです……！」

「森野くん」

ノエルは考えた。おそらくだが、大神の母が狂乱した原因は、もうひとつある。ノエルがうさぎ獣人だからだ。狼とうさぎは、典型的な捕食者と被捕食者の関係だ。大神の母は、ノエルが放つほんのかすかな「獲物の臭い」に反応し、そこに満月の時期の巡り合わせが重なって、猛り狂ったに違いない。

「ごめんなさい、本当にごめんなさい――」

涙ぐみながら、ノエルは謝罪を繰り返した。

「ぼくはただ、食事を摂ろうとしない特別室のご婦人が、心配なだけだったんです。でも、その余計な気遣いが、あなたの体に、こんな深い傷を――」

喘《あえ》ぐようにしゃくりあげ、ほろほろと泣きながら、ごめんなさい、と暗い声で繰り返すノエルの肩を、大神の無傷な右手ががっちりと摑む。

「ノエル、やめろ！」

強い制止の言葉とともに、ノエルは揺さぶられた。驚いて涙に濡れた目を上げると、漆黒の瞳と視線が合った。

――見つめ合ったのは、一瞬の半分にも満たない時間。けれどそれは、ノエルと大神にとって、決定的な、永遠の時間となった。

次に感じたのは、唇に食らいついてくる、獣の牙のように痛いキス。

「ん、ん……！」

そして、貪《むさぼ》られる感触の中に、ノエルは確かに感じ取ったのだ。大神の口の中にある、鋭い牙を。

――そうか、やっぱりこの人も、あの猛々しくて貪婪《どんらん》で狂暴な、狼獣人の血を受けているのか……。

「ふ……」

くらっとめまいがした。心臓に糖蜜を垂らしかけられたような気がして、ノエルはその甘い香りにしたたか酔った。

(駄目……っ)

必死で崩れそうになる理性を支える。ここでくずおれてしまったら、もう二度と立ち上がれない気がした。

いや、立ち上がれない、どころではない。きっと床に這いつくばり、みずからこの男に身を投げ出してしまうだろう。

(ぼくを――)

どうかぼくの体を、残さず全部食べてしまってください、と……。

がたがたと恐怖に打ち震えながら、その牙が自分の肉と骨をかみ砕く瞬間を、うっとりと夢見て待ち焦《こ》がれる。ノエルにはそういう自分の姿が、容易に想像できた。うさぎ獣人の本能が刺激され、理性では、もうどうにも抵抗できない――。

ふいに、濃厚この上なく絡《から》み合っていた唇がほどけた。

「あ……」

どうして離すの？　ノエルは震える舌で、もっと、とつたなく男の唇をねだった。どうしたの。その牙で、ぼくをかみ砕いてくれないの？

もう、あなたにこんなに焦がれているのに。ぼく、あなたがいいのに――……。

「ノエル――いいか、よく聞くんだ」

額同士がくっつくような距離から言い聞かされて、ノエルは呼吸を止める。大神がよく聞けと言ったからだ。今のノエルは、大神の言うことなら何でも聞く。

「たとえ、母の狂乱の原因がきみの行動であれ、おれのこの傷がきみのせい、などということは絶対にない」

いいか、絶対にだ、と大神は念を押す。

「きみを庇ったのは、おれの意志と判断で、おれが勝手にやったことだ。それにおれは、煩《わずら》わしいのも我慢して、きちんとした治療を受けた。こんなケガはすぐ治る。だからきみが気に病む必要はまったくない」

「……で、でも、……」

「ノエル、おれは、顧客とはいえ赤の他人の婦人の体を案じて、特別なお茶とお菓子を用意してくれるようなきみを、心から好ましく思っているんだ。だからどうかこれ以上、自虐的なことを言って、おれの大事な人を侮辱《ぶじょく》しないでくれないか……心が痛むんだ。とても」

ノエルは唇をべたべたに濡らしたまま、「う……うん」とうなずいた。二律背反《アンビバレンツ》に困惑し、迷いつつ。

この人は人間としてのぼくを尊重してくれている。ぼくの仕事ぶりを尊敬してくれている。そんな彼に、わざわざ好ましからざる正体を告白して、万が一にも軽蔑されるのは嫌だ。もしそんなことになったら、生きていけない。けれどどうしても、この人に正体をさらして、貪られてもみたい、と――。

「本当にわかったのか？」

そんなノエルの反応に、大神の声音はどこか不満げだ。

「あのな――おれは今、きみが好きだと言ったんだ。きみへの愛を告白したんだぞ、ノエル」

ノエルは、大神の無傷の右腕に、攫われるように突然抱きすくめられた。

「お、大神さ……」

「下の名で呼んでくれ」

「り、亮――……」

抱き寄せられるまま、ノエルは大神の胸に顔を埋めた。男の体からは、濃くて深い独特の香りが立ちのぼり、ノエルをふわふわと夢見心地に誘った。

「きみの答えは？」

「……っ」

大好きに決まっている。でも、そう答えて本当にいいのだろうか。

「あ、あの、でも、ぼく……」

ぼくは本当は、それはもう淫乱なうさぎ獣人で、今だってあなたに食べられたいなんてことばかり考えていて、とても、あなたに愛してもらえるような人間じゃ……という告白を、ノエルはだが、どうしてもできなかった。

どうしても、この男が——大いなる神、すなわちオオカミの名を持つ男が、欲しくてたまらなかったから。

「ぼ、ぼくも、あ、あなたを——」

何の飾り気もない古びた病院の、ふたりのほかは誰もいない待合室で、合成皮革《ひかく》の剝がれた長椅子に腰掛けながら、ノエルと大神はもう一度、くちづけを交わした。

◇　◇　◇

ちょろちょろと音を立てて、竹筒からつくばいに水が落ちている。

世間では、そろそろ列島各地の梅雨入りのニュースがかしましい。だが今日の東京は、皐月《さつき》の名残《なごり》のような晴天だった。

平和な光景。だが特別室の室内には、女性の低い忍び泣きの声が響いている。

「母さん」

それをなだめるのは、アメリカ帰りの息子だ。

「母さん、もう泣くのはよしなよ」

「で……でも、亮――」

昨日狂乱した反動でか、それともノエルが言うストロベリームーンの日が過ぎたためか、いつになくしっかりと正気を保った顔つきの聖子は、すすり泣きながら息子の名を呼ぶ。

「亮、母さん――お母さん、とうとう駄目になってしまった。駄目になって、人を襲ってしまった……」

「相手は無事だったんだ。大丈夫だよ」

「でも、お前にそんな大けがをさせてしまって――」

母が嘆《なげ》きながら指し示す傷ついた左腕を、大神は軽く振った。

「感染症予防に、念のため大きく切り広げて治療しただけだ。見た目ほど重傷じゃない」

「お、お前を傷つけてしまうなんて……。わたし、わたしは――！」

わたしなど死んでしまったほうがいいのよ、と悲嘆にくれる母親を相手にせず、大神は右手一本でナイフを使い、さっさとケーキを切り分けてしまう。お母さまに、とこれを渡してくれたノエルは「焼いて三日目の、食べごろのタネ《シード》のケーキです」と言っていたが、どんな味がするものやら、大神には想像もつかない。ただ、素朴な茶色の焼き目のケーキに、上からこってりと厚くかかり、美しく垂れ落ちた形で固まっている白い砂糖衣《アイシング》は、ノエルの丁寧な仕事ぶりを思い起こさせて、いかにも好ましい。

「さあ、ほら、食べよう母さん」

タケオ・セトの、シンプルさと可憐さを兼ね備えた皿に、一切れを載せる。ノエルに比べればどうしても不格好なガタガタした切り方になってしまい、せっかくの美しいケーキに申し訳ないが、こちらは片手一本のケガ人だ。まあ勘弁してもらおう。

「熱い紅茶も淹れてもらった。おいしくて温かいものを食べれば、少しは気分もよくなるだろう？」

「欲しくないわ……何も食べたくない」

「駄目だ、これは食べなきゃ、母さん」

大神は厳しくぴしりと告げる。

「このケーキは、昨日母さんに襲われたあの青い目の坊やが、母さんにって作ってくれたものだ。彼の気持ちを無下にするのは許さない」

聖子は表情を少し変えた。

「あの子が……？」

「母さん、昨日も彼がせっかく用意してくれたお茶とお菓子を駄目にしたんだろ？　今日も口を付けない、なんてことになったら、昨日迷惑をかけた彼をさらに傷つけることになる。母さんの気持ちとして、それでいいのか？」

「……っ」

「空っぽの胃にいきなり甘いものはきついから、まずはお茶だ。ほら、ミルクを多めに入れて――」

息子の押しの強さに負けて、聖子は気が進まないまま紅茶カップを手に取った。さすがに、名門生まれの女性の仕草には品位がある。作法通りにハンドルをつまんで持ったカップを傾けて、ひと口。

「まあ――おいしい。いい香りね……」

「だろう？」

大神はつい、自分のことのように自慢げに告げた。

本日の紅茶は、フレーバーティーの代表格のようなアールグレイだ。ノエルは、「日本の軟水ではベルガモットの香りが強く出すぎて、人工的な気持ちの悪い味になりやすいので、蒸らし加減が難しいんです」などと言っていたが、この意固地な母の心をたったひと口で溶かすとは、さすがというほかはない。

そうして、またノエルのことを賛美しながら考えている自分に気づき、つい、じっと、先刻まで彼が触れていたであろうシルバーの紅茶ポットを眺めてしまう。

――昨日、彼にキスをした。

あのとき大神は、実は内心、まったく平静ではなかった。狼狽しきっていた。ノエルが泣く姿を見てしまったからだ。

自分のしでかしたことが今もまだ信じられないのだが、その驚き慌《あわ》てた心情のまま、大神はつい愛の告白までしてしまった。ノエルのことは、初対面のときから、表面はそっけない態度を取りつつ、実は心の中では「きれいな男だ。あの額などは、まるで白銀のようだ」と驚嘆していたし、さらにはその仕事に対する真摯さや誇り高さ、愛らしいばかりの頑固さ、それでいて譲るべきときは適度に譲歩してくれる物柔らかさを知るに及んで、好ましいという程度では済まないほどに深く想い始めていた。

しかし大神は、職場の同僚相手のそんな妙な気持ちは、ひそかに墓まで持って行くつもりだった。なのに、大神が勝手にしたケガを、自分のせいだと嘆いている彼を見ていたら、それ以上自責の言葉を言わせたくない気持ちと、その涙を止めてやりたい一心で、ついたまらなくなって、やらかしてしまったのだ。取り返しのつかないことを。

――あの涙に濡れた青い目を思い出すと、今もまだ胸が疼く。あれはまるで、雨に打たれた青い花のようだった……。

母に切り分けた分とは別のケーキの端を、フォークでぽろりと崩す。ひと口食べて、素直に「うまいな」と思う。ノエルの細やかな手の作り出す味だ。

バターケーキの生地にプツプツと混ぜてあるのは、キャラウェイというハーブのタネだとノエルは言っていたが、確かに、かみ砕くとハーブらしいスッとする清涼感と、ピリッとくる刺激が同時にくる。砂糖衣は、練《ね》るときにどうやらよくあるレモン果汁ではなく、ジンかテキーラのような蒸留酒を使ったらしく、鼻のほうへ豊かな風味が抜ける大人の味だ。ケーキと砂糖衣でねっとり甘くなった舌の上にアールグレイを転がせば、まるで満開の花園のようなすばらしい世界が広がっていく。

そこは青い目のノエルが、微笑《ほほえ》みながら立っている花園のような世界だ。以前から思っていたが、ノエルの用意する茶と菓子は、口にする者たちを幸福に満ちた世界に導く不思議な力がある。

——もう駄目だな。

改めて自覚する。おれはどうやら、芯から彼に惚れてしまっているようだ。後戻りなどできようはずがないほどに。父に捨てられ、身内に迫害されて、まだ子どもだったころから、世の中を斜に見てきたこのおれが、誰かにこれほど純な想いを抱く日がこようとは、と、大神はひっそりと照れ笑いをする。

「……？」

ようやくケーキ皿を手にした聖子が、もぐもぐと口元を動かしながら、小首をかしげて息子を見ている。その視線に気づき、誤魔化すように微笑みかけながら、「おいしいだろう？」と尋ねると、「ええ」と穏やかな返事が返ってくる。

「素晴らしいわ——バターと卵の香りが豊かで、とっても……。わたしなんかが、こんなおいしいものを食べてもいいのかしら——？」

その答えを聞き、落ち着いたら、母とノエルを改めて対面させたい、と大神は考えた。ノエルは母のことを別に怒ってもいないようだったし、母は母でノエルにはひと言詫びないと気が済まないだろう。だがまあ、こういうことに拙速はよくない。あくまで互いの心情がそれ相応に落ち着いてからだ——などと考えていたときだった。

階下のドアから、ノックの音が響く。

大神は紅茶カップを置いて席を立った。階段をとんとんと降りて、「ノエルか？」と声をかけながらドアを開くと、そこにいたのは、たった今まで想っていた人ではなかった。

「やあ大神くん」

「――オーナー」

「具合はどう？」

的場の前で、ノエルが訪ねてきたと勘違いした気まずさから、大神はつい「もう平気ですよ」とそっけなく答えてしまう。的場はそんな大神の様子をにやにやと見やりつつ、「これ、お見舞い」と、スーパーやコンビニでよく見る白いビニール袋にずっしりと詰め込まれた何かを差し出してきた。

――清らかな香り。

「りんご、ですか？」

「知人経由で、たまたま手に入ったのでね」

おすそ分けだ、と渡された果実はごつごつし、りんごというより「緑色のじゃがいも」という風情だった。あのつるんと丸い、見慣れた形状には程遠い。だが清浄な香気は、確かに果実のものだ。

「これはブラムリー・アップルと言ってね。フルーツとして食べるデザート・アップルとは別の種類で、パイやジャムにするための加熱調理用のりんごなんだ」

「へえ……」

としか答えようがない。これを、せいぜい野菜入りのインスタントラーメンくらいしか作れない大神にどうしろと？

「日本ではまだ栽培している農家が少なくてね。新鮮なのがなかなか手に入らないからデザート・アップルの酸味の強いので何とか代用しているっていつか零していたから、渡してやってほしいんだ——森野くんに」

ノエルに？

的場の意図が読めず、大神は思わず眉を寄せる。

「……でしたらオーナーが直接彼に渡せばいいのでは？」

「だってきみ、まだ彼に接触するのに口実が必要でしょう？」

にこにこした顔の的場に容赦《ようしゃ》のないことを言われ、大神は絶句する。

「きみ、恋愛に関しては何だか奥手そうだからさぁ」

唖然とするばかりだ。この男はどうしてこう、何もかもお見通しなのだろう。まさか本当に魔法使いなのか——？

「ちなみにあの子が作るアップルパイやクランブルは絶品だよ。じゃあ、がんばってねー」

いつもながらお気楽な語尾を長く引いて、的場は去っていく。

「……亮？」

母の不審げな声が頭上から降ってきてもなお、大神はビニール袋を手に提《さ》げたまま、困惑して立ち尽くしていた。

◇　◇　◇

ノエルはピンセットを手に、緊張の面持《おもも》ちで、「いくよ……」とつぶやいた。

彼を取り囲む「十月のうさぎ」の面々が、ごくりと固唾《かたず》を呑みながらうなずく。

ノエルの手は精密きわまりない動きをした。少しでも雑な動きをすれば、すべてが台無しだ。取り出す、のではなく、あたかも引き抜くがごとくスムーズに——。

「……っ、よし、成功！」

ほーっ……と緊張が解ける。ノエルが手にしたピンセットの先には、今しがた鍋《なべ》の中から取り出したばかりの、一握りの茶葉を入れた大きなお茶バッグがぶらりとぶら下がっている。

「アイスティーを作るとき、茶葉はこのくらいそっと、なおかつ素早く引き出さないと、嫌な雑味が出ちゃうんだ。わかった？」

「わ、わかりました」

取り巻きの中で一見してもっとも若手の男女ふたりが、こくこくとうなずきながら答える。

「茶葉はタンニンが少なく、それでいて濃いめに出る、クセのないセイロン系のものが一番適している。それからアイスティーはね、お米や豆を炊くときと同じで、一度にたくさん作ったほうがおいしくできるから、二リットルくらい沸かせる、大きめの鍋で作るといい」

二リットルの湯を沸騰させて、火を止めて、しかるべき分量の茶葉を入れてふたをして充分に時間を取って蒸らす。そして今やって見せたように茶葉を揺らさず取り除いて——と、ノエルは従業員に説明を続けながら、手際よく薫り高いアイスティーを作り上げていく。

「それから盛暑のころはどうしてもバターたっぷりの焼き菓子は動きが鈍くなるから、ヴィクトリア・サンドイッチケーキみたいな定番もの以外は数を控《ひか》えて、シラバブやサマープディング、メレンゲみたいなあっさり系に比重を移していかないとね。あとで計画表を渡すから、目を通しておくように」

新人研修をかねてのミーティングは、それで終了だった。開業時間前のあわただしい時間を割《さ》いて行うから、いつも短い時間にたくさんの注意事項を詰め込む形になる。そんな教え方しかできない上司についてきてくれるスタッフたちには、本当に、感謝の念しかない。

「じゃあ、仕事にかかろう。今日もよろしくね」

「はい！　よろしくお願いいたします！」

各自が挨拶ののちに持ち場に散っていく中、ノエルはアイスティーを若いスタッフに任せ、自分は「十月のうさぎ」の客席フロアに向かった。開店前に、市松模様の床やカウンター、座席とテーブルをピカピカに磨き上げるのは、休暇でない限り、いつもノエルの仕事だ。

フロアは広く、座席もテーブルもアンティークであるため、いちいち丁寧に扱わねばならないが、重労働だと思ったことはない。逆に、これほど楽しい仕事を人に取られてたまるか、と思っている。愛情を込めて、隅々まで磨き上げれば、まるでこの店が自分の分身になったかのように感じられるからだ。

そうして、斜め市松模様の床にモップをかけていると、まだ「Closed《クローズド》（閉店中）」の札が下がっているはずのドアを開けようとする気配に気がついた。

「申し訳ありません、まだ……」

だが視線を上げてすぐに、ノエルはそれが客ではないことに気づいた。時の流れが止まったかのようなこの老舗ホテルに、こんな若々しい男はまず来ない。今日は療養休暇をもらっているせいか、いつものスーツよりも少しくだけた格好だ。

「大神さ……」

「名前」

「り、亮」

ノエルは昨日、たぶん……まだ信じられないのだけれど、たぶん、自分と恋人同士になったばかりの同僚の名を唇に乗せて、改めてその甘ったるさにクラッとした。カップ一杯の紅茶にグラニュー糖をスプーン一〇杯入れて混ぜても、こんなに胸苦しいほど甘くはならないだろう。

「そんなに困らないでくれ。ただの同僚同士でも、出会ってすぐにファーストネームで呼び合うなんて、今どきふつうのことだろう」

確かにアメリカやヨーロッパではそうなのだが。

「こ、ここは日本なので……」

そういう習慣はない、という意味で告げると、

「きみに言われるとはな」

大神はほろりと苦笑した。

「日本が母国のおれより、日本になじもうと努力しているきみのほうが、よほど日本人らしい」

「な、何か御用でしょうか？」

「用というか……顔を見に来た」

そう告げられて、ノエルは思わず「ぼくは勤務中です」と可愛くないことを言ってしまった。仮にも恋人に向かってこれはない、と我ながら思ったが、大神はもうそういうノエルを受け入れているらしく、可笑しそうにハハハと笑って、平気で近づいてくる。

右手で頬に触れられて、ノエルはびくっ、と震える。かすかに漂うのは、薬剤の匂い。

「ひ、左腕の具合は……？」

「もう平気だ。きみを見たら元気が出た。キスしても？」

「いけません」

勤務中だから。そう言ったのに、大神はノエルの顔を覗き込むように身をかがめると、チュ、と唇に吸いついてきた。「駄目って言ったのに」と苦情を言うと、「きみだって拒まなかっただろう」と笑われた。

「いけないのは、おあいこだ」

その会話に、はっ、とする。今のとほとんど同じ会話を、別の男としたことがある。その男は、ノエルの発情フェロモンに感応《かんのう》して、襲い掛かってきたあげく、取り押さえられたあとで言い放ったのだ。

――お前だって拒まなかっただろう！　この、淫乱うさぎ野郎め！

あのとき、ノエルはひどく傷ついた。けれど今、同じことを大神に言われても、まったく傷つかなかった。ニュアンスが違うにしても、びくりとも動じなかった。

――それだけ、ぼくは、心の奥深くまで、この男を好きなんだ……。

理由も理屈もいらないくらい、この男だけが自分の特別なのだ、とノエルは改めて噛み締めた。

だから、どうしても……。

（知られたくない、ぼくが淫乱で発情しやすくて、男も女も見境なしに誘ってしまう、うさぎ獣人だなんて――）

ノエルには、いつか別のホテルのアフタヌーンティーで出会った立ち耳うさぎ獣人の女性の気持ちが、今になって痛いほどわかった。恋人に、ほんの少しでも軽蔑されたり、去られたりする可能性があることを考えると、そのままでは将来がないことはわかっていても、獣人であることを告白などできなかった、という愚かで切実な気持ちが。

それでいて、この男のものになりたいと望んでしまう、体をふたつに裂かれるような葛藤《かっとう》の気持ちが――。

「ノエル？」

ふっと気づくと、目の前で、大神がひらひらと手を振っていた。

「泣いているのか？」

「えっ、いいえ——泣いてなんかいません……」

「そうか、見間違いか」

大神は破顔した。

「よかった、キスされたのがそんなに嫌だったのかと思った」

ノエルは思わず、「そんなわけないでしょう」とつぶやきつつ、目を逸らしてしまった。そんな顔をされたら、本当に泣きそうになっていたことなど、悟られるわけにいかないではないか。

「そうだ、これを」

大神が、手に提げてきたビニール袋を、ガサガサと鳴らしながら差し出した。

清冽《せいれつ》な香りが、鼻に届く。

「あ、ブラムリーじゃないですか、これ！」

ノエルは思わず、手を伸ばし、まるでひったくるように受け取ってしまった。

これがあれば、純英国風のパイやクランブルが作れる。ノエルが懐かしい故郷の味に思いをはせていると、大神はなぜか微妙に不満げな表情でこちらを見ていた。

「え、ど、どうしました？　あ、もしかして、ぼくにくれるつもりじゃなかったんですか？　す、すみません。つい勘違いしちゃって……」

「いや、そうじゃない」

そうじゃないんだ、と大神は慌てて遮った。

「ただちょっと、それをそんなに喜ばれるのは、胸中《きょうちゅう》複雑というか……」

「えっ？」

「いや、何でもない」

何でもないんだ、と、不自然に繰り返す。

「きみが喜んで、笑ってくれるのなら、それ以外の事情やおれのプライドなんかは、ささいなことだ」

「……？」

「そうだ、母がきみのケーキを食べ……いや、勤務中に長話はよくないな。では、また……仕事が終わってから」

大きな胸と腕でぎゅっと抱きしめられて、ノエルは思わず息が止まった。

――彼の匂い。

薬臭い匂いの混じった、強い獣の、強い匂い。自分が強者であることに、絶対の自信を抱く者の、若々しく威風堂々とした匂い。

ああ、この人だ、この人でなければ駄目なのだ。ノエルは自分がどうしてこの男に惹かれたのかを知った。大きくて立派な牙と、熱い舌。ノエルをかみ砕いて残らず食べつくしてくれるもの。

それが、ノエルの中の、うさぎの本能に感応した。ぶわっ、と、淫らな衝動が湧《わ》いてくる——。

「……ッ、だ、駄目っ……！」

ノエルは突き飛ばすようにして、恋人の胸の中を離れた。いきなりのことに驚いている大神に、「こ、これ」とりんごの袋を掲げてみせる。

「これ、ありがとうございました！」

かろうじてお礼は言いつつも、ノエルは逃げるように立ち去った。取り残された大神の、ちょっと茫然とした視線が、背中を追ってくるのを感じた。

たたたたた、とバックヤードを駆ける。そうして、ノエルが逃げ込んだのは、ロッカーの並ぶ更衣室だ。

「う、っ……く……」

急いでロッカーを開け、私物のカバンから、ピルケースを取り出す。ビニール袋から青いりんごがごろごろと転げ出すのをよそに、一錠、フェロモン抑制剤を飲み下した。

「……っ、く、効かない……」

駄目だ。どうにもならない。脂汗がたらたらと垂れてくる。

服の下から漏れる、甘ったるい匂い。フェロモンの噴出が止まらない。過剰摂取《オーバードーズ》を覚悟の上で、次から次へ一錠ずつ服用したが、甘い淫らな香りは、容赦なく全身から噴き出してくる。床に転がった青りんごのささやかな香りなど、圧倒されて感じ取れないほどに。

もうこれ以上はまずい。生死に関わる。そう思いつつも、もう一錠を飲み下す。何とか、フェロモンを止めなくては。

だが無人の更衣室は、今やノエルのフェロモンの匂いでいっぱいだった。もうろくに動くこともできない。

「森野さん……？　あの、森野さん、いらっしゃいますか？」

更衣室のドアの向こうから、呼びかけてくる声がする。「何だ？　この甘い匂い——」と不審がる声も。

ノエルは最後の死力で、床を這うようにドアに近づき、かちゃりと鍵を回した。ドアの向こうのスタッフたちは、その音に、「あれっ、中から鍵かけられた……？」と気づき、ドンドン、とドアを叩き始める。

「森野さん？　森野さんそこにいるんですか？　何をしているんですか、森野さんっ？」

「だ……」

大丈夫だから、何でもないから。きみたちは仕事に戻ってくれ。

そう告げたつもりが、もう声も出ない。ノエルは限界を悟り、ドアにもたれた姿勢でくたくたとその場に崩れ落ちた。

（——ああ、この仕事場ともお別れかな……）

恩義ある的場に迷惑をかけたくなかったこともあって、今まで獣人であることがバレないよう、細心の注意を払ってきたが、もう隠し通す気力もない。もちろん、フェロモンを漏出させるトラブルを起こしたからといって、的場はノエルを追放したりしないだろうし、スタッフたちにも、ノエルが万年発情期体質の獣人だからといって蔑視したりしないよう、きちんと勧告してくれるだろう。だが、もしそうなったら、ノエル自身が周囲の微妙な目に耐えられる自信がない。

それに、大神、大神は――。

彼はぼくのことを、どう思う？　ぼくが正体を隠していたことや、ぼくがうさぎ獣人だったということを、どう感じる――……？

悲しい気持ちで、ノエルは考えた。こんなにフェロモンが出るのは、たぶん、ぼくがあなたを好きになりすぎてしまったからだ。あなたのような立派な狼に、うさぎの本能を持つぼくの心と体が餌食《えじき》にならないはずがないもの。でも、「ぼく、あなたの餌食になりたい」なんて言ったら、いくらあなたでも困惑するに違いない。もしかしたら、少しは軽蔑もされてしまうかもしれない。ぼくはあなたに、この体を貪られたい。でも、そんなあさましい本性を知られたくない……。その葛藤のストレスが、こんな高濃度のフェロモンを噴出させたのだ。

「森野くん、森野くん？」

異変を察してか、誰か別の人間が呼ばれたようだ。どん、どん、とドアを叩く音と、呼びかけてくる声に、今度は遠慮のなさが感じられる。ああ、八橋総支配人だな、と思ったが、もうどうでもいい。どうでも――……。

（亮……）

体を侵《おか》すような熱にうなされながら、ぱたん、とその場に横倒しになる。あ、垂れ耳が出てる、と

このとき初めて自覚した。これでは誰がどう見ても、ノエルがうさぎ獣人であることは一目瞭然《いちもくりょうぜん》だ。

ドアが開かれたら、もう隠しようがない。終わりだ——。

「仕方がないな、マスターキーを持ってこい。まさかと思うが、この匂い、中で麻薬でもやっている

のかもしれん」

ガヤガヤ、と騒ぐスタッフたちを制して、八橋の声が響く。「はい」と返事をした誰かの足音が駆

け去ろうとした、そのときだった。

「どうしたんだ、この騒ぎは何だ！」

「あ、大神さ……！　森野さんが、何か変で——」

「ノエ……森野くんが？　どいてくれ！」

足早に近づいてきた男の気配が、ドアの前に立つ。

そして、グルルル……と、のどを鳴らして威嚇する音。

「大神くん、きみ、いったい何を」

すると、一瞬の間も置かずに、ばきん！　と音を立てて、ドアノブが壊れた。

「え……」

意識を失いかけていたノエルも、さすがに驚く。うっすらと開いた目に、ドアが吹っ飛ぶように開

くさまが映った。

「ノエル！」

飛び込んできた大神に、もの凄い勢いで抱き起こされ、そのまま抱きしめられる。

そこは、愛しい人の胸の中だ。ノエルは思わず、「亮」とか細く鳴く。

彼の鼻先を近づけられ、くん、と匂いを嗅《か》がれる感触に、垂れ耳がぷるぷると震えてしまう。お願い、嗅がないで。こんないやらしいフェロモンに当てられたら、あなたは自分の意志ではなく発情してしまって、ぼくを恨むか、この淫獣めと蔑《さげす》むだろう。「ノエル、きみ――」と茫然とつぶやく声に、ノエルは絶望感を覚えた。もう駄目だ。あなたにだけは、知られたくなかったのに……！

「大神く――」

踏み入ってきた靴音に、大神はキッと振り向いた。

その顔、その目は、すでに人間のものではなかった、と、のちに八橋は証言した。まるで麻薬に酔ったように瞳孔《どうこう》が丸く開いた目、荒い呼吸を繰り返す鼻と口から、どんどん、正気の形相が失われていく――。

「……寄るな」

部屋に踏み入ろうとする八橋に対して、低い声が獣の威嚇のように響く。

興奮しようとする自分を、必死に抑制している声に聞こえた。

その瞬間、不意に部屋の中の空気が、ぐるぐるとかき混ぜられ始めた。何か巨大な毛皮のようなものが、ぶるんぶるん、と振り回されている。

ノエルのフェロモンの匂いと、大神の匂いとが混じり合う。八橋と同僚たちが、その、何とも言えない獣臭にむせ、身を丸めて咳《せ》き込んでいる。だが、混じり合って強烈な匂いになったことが逆に幸いしたのか、フェロモンに酔った様子の者はいない。

「寄るな、寄らないでくれ！　ノエルはおれの恋人だ。おれだけのものだ！　誰も、誰も近寄るな！」

肩の骨がぎしりと音を立てるほどに、きつく抱きしめられて、ノエルは思わずうめく。

だがそれは、甘い痛みだ。

「ノエルに近づいて、触れていいのは、このおれだけだ！」

ギャウゥゥゥ、と吠《ほ》える口元に、鋭い牙。鋭く切れ上がった目尻。先端に向けて尖ってゆく鼻先。

そして——。

大神の姿が、突如、大きく変化《へんげ》した。ずらりと並ぶロッカーを、がつんがつんとドミノのように倒しながら、その軀体《くたい》が、更衣室いっぱいに、ぶわ……と広がってゆく。

（え……）

獣毛にくるまれる感触の中で、ノエルは驚愕した。

違う、狼じゃない。彼は、大神亮は狼獣人じゃない……！

部屋いっぱいを塞《ふさ》ぐほどに大きな、真っ黒い体は、狼のものではありえなかった。それに、鼻先の尖った顔つきも、三角形の耳も、全体のしなやかなシルエットも、狼のそれとは違う。

それは、漆黒の、ふさふさした獣毛を巨大な体に茂らせた――。

「き……」

「狐……？」

おいしい肉をたっぷりとつけた愛しい獲物《うさぎ》を抱え込んだまま、漆黒の大狐《おおぎつね》は、ドアの外に駆け付けた人々を睥睨《へいげい》した。


ざくざくざく、とかすかに響くのは、大神がりんごの皮をそぎ落とす音だ。剝く、ではなく、そぎ落とす、としか、その手つきは言い表しようがない。

あの騒ぎから一週間が経っていた。獣人のフェロモン対策に、高性能の空気清浄機が三台も稼働する特別病室で、ノエルは点滴を受けている。抑制剤の過剰服用《オーバードーズ》の治療は、意外に時間が必要だった。

まだ左腕に抜針《ばっしん》したばかりの傷がある大神の手元は、ひどく危なっかしい。りんごの皮を剝くのと一緒に、手指も剝いてしまいそうだ。ノエルは何度も「もういいですから」と止めようと思ったが、その都度思いとどまった。大神の顔はひどく真剣で、何としてもこのりんごをノエルに食べさせる、という決意に満ちていたからだ。

誇り高い男だ。こんなささいなことでも、人から制止されれば傷つくだろう。彼が、案外そういう面ではデリケートであることを、ノエルは理解している。

やがてナイフを使う音がやんだ。

こつん、と物を置く音がして、大神の声が、「すまない」と告げる。

「おれにはこれが精いっぱいだ」

「……」

差し出された皿に載ったりんごは、無残《むざん》なほどに不格好だった。一応、ぴんと両耳が立ったうさぎりんごに仕上げようとしたらしい形跡があるあたりが、何ともいじましい。

「こんな無理をしなくても……」

ノエルは、皿を受け取りながら、大神を労ってやりたいような、逆にその意地っ張りぶりを笑い飛ばしてやりたいような複雑な気持ちで、苦笑いをした。

「りんごの皮くらい、自分で剝けるのに」

「きみは入院患者なんだ」

大神は妙にきっぱりとした調子で言い切った。

「こういうときは、堂々と見舞客を使い倒せばいいんだ。何かほかに欲しいものは？」

「いえ、もう、お気持ちだけで」

ノエルは可笑しい気持ちでいっぱいになった。どうやらこの男は、弱っている者を前にすると、反射的に「自分が力を尽くして守ってやらなくては」と思ってしまう性分《しょうぶん》らしい。それができるかどうかは二の次にして。

「それよりも、少しくつろいでください。……お話、したいこともありますから」

その言葉を聞いたとたん、大神はストンと座り込んだ。くつろげ、と言っても、病室には背もたれもない円椅子《まるいす》しかないのだが。

晴天の午後だった。窓からは、すでに夏の気配の濃い強い日差しが差している。

とうとうこの日がきたんだな、とノエルは思った。

「その、お話ししたいことがいっぱいありすぎて、何から話せばいいのかわからないんですが——」

「きみの知りたいことからでいい。何でも答えてやる」

「ぼくは、あなたを……」

「うん」

「てっきり、狼獣人だと思っていたんですけど……違ったんですね」

「ああ」

大神はこくりとうなずいた。

「でも以前、あなたは『おれの一族はみんな狼獣人だ』と言いましたよね……？　あの病院の待合室で」

「おれ自身もだ、とは言わなかった」

「……」

それっきり、会話が続かなくなった。ノエルは本心では、「言葉が足りないにもほどがあります」

と抗議したかったのだが、自分もまた、うさぎ獣人であることが露見したばかりの身だ。気まずくて、そんなことができるわけもない。

「……悪気があって隠していたわけじゃない」

沈黙が続いた末に、大神はひと呼吸置いてから、語り始めた。

「きみが誤解しているだろうと察してはいたが、わざわざ言うこともないだろうと、放っておいたんだ」

「どうして……」

「そうだな――できれば父親のことに、触れたくなかったから、かな」

大神はわずかに、悲し気な顔を見せた。

「おれは狼獣人の母から生まれたが、どういうわけか、狐獣人の父の血のほうが、濃く出てしまってな――」

合間に、ふう、とため息をつく。

「おまけに異種獣人同士の交雑種だから、体の大きさを抑制する遺伝子が働かずに、あんな巨体になってしまって」

更衣室いっぱいに広がった黒狐の軀体を思い出しながら、ノエルは首をかしげた。

「……交雑種だとそうなるんですか？」

「ああ、聞いたことがないか？　動物でも、豹《ひょう》とライオンの混血のレオポンや、ライオンと虎の間のライガーなんかは、両親の体格を超えて、やたらと巨体になると」

「いえ……初耳です」

「まあ、一般によく知られた知識じゃないからな」

大神は手を伸ばし、自分で剝いて切ったりんごを一切れ、シャクリと音を立てて齧った。

「以前も話したが――おれの父と母の、それぞれの一族は、とある地方の奥まった村落に土着していたんだが、互いに神聖な獣神の血統を引いているという矜持からか、それはたいそうな不仲で、父母の結婚は最後まで許されなくてな」

「花の都ヴェローナのモンタギュー家とキャピュレット家ですね」

ノエルは口を挟んだ。

「まるでロミオとジュリエットだ。若く美しく情熱的なふたりだったんでしょう？」

ノエルの賛辞に大神は微笑んだが、それは苦い笑みだった。

「まあ、そうなんだが……おれの郷里は花の都なんかでは全然ない陰鬱《いんうつ》な田舎の集落だったし、おれの父は一途《いちず》なロミオと違って、恋人への愛に殉じることができなくてな。いつまでも続く迫害と村八分に疲れ果て、妻子を捨てて実家に戻り、今は一族の選んだ女性と再婚して、子どもも儲けて平穏に暮らしているそうだ。まあ、現実なんていつでもそんなものだが――父にとっておれと母は、しょせん若いころの過《あやま》ちにすぎなかったのかと思うと……おれだって、憎しみや悲しみを何も感じないわけじゃない」

「……」

「どうした、ノエル。怒っているのか？　隠し事をされていて」

ノエルは首を横に振った。目が潤《うる》んできた。

「いいえ……ただ、あなたが可哀想で」

「おれがか？」

大神はその憐憫《れんびん》をふんと鼻で笑ったが、ノエルは涙ぐみながら自分の胸をさすった。

「だって、大人になった今でこそ割り切れていても、あなたにだって多感な少年時代があったはずでしょう？　そのころのあなたの気持ちを想像すると、胸のこのへんが、つらくて……」

大神が黙して語らないことは、まだあるはずだ。たとえば母子ふたりで肩身の狭い生活をしていたという大神家での日々のこと。因習的な人狼一族の中に、たったひとり生まれた異端の狐が、仮初《かりそ》めにも丁重に扱われたとは思えない。おそらくまだ子どもだったこの男の身に、心無い暴言や虐待が降りかかっていたはずだ。あるいは逆に、巨体に変化するその力を恐れられて、遠ざけられていたか。

どちらにせよ、孤独で周囲からの労りに恵まれなかったであろう大神亮の少年時代を想像すると、ノエルは痛々しくてたまらなくなる。

「それは――」

大神は一瞬迷い、振り切るように告げた。

「きみも、獣人として、おれと同じような目に遭《あ》ってきたからか？」

「――ッ」

空気が、びしりと緊張した。いよいよノエルの正体がうさぎ獣人だった、という話題に触れなくてはならない。

「ぼくは――」

ノエルは覚悟を決め、語り始めた。大神だけにつらい打ち明け話をさせるわけにはいかなかった。

「ぼくは、子どものころから、妙に大人の性的興味の対象にされる子でした――町中で見知らぬ男に誘拐されかけたこともあれば、うわべは親切なご近所のおじさんに家に招かれ、いやらしい手つきで体を触られたこともあります」

「……！」

大神が、衝撃を受けた顔でノエルを見つめる。

「ぼくの両親は早くに離婚して、ぼくは母に育てられたんですが、父親とも面会交流は続いていました。その両親双方が、『あなたには何か、変な人間を惹《ひ》きつけるものがあるから気をつけなくては』と言いました。だから知らない人でも知っている人でも、大人が接近してきたら逃げるか身を隠せ、と言われていて、ぼくはその言いつけを守り、学校にもほとんど行かず、教育はホームスクーリングで身に付けて、ほとんど家に引きこもったまま少年時代を送りました。だからぼくには、いわゆる幼なじみという人がひとりもいません」

大神はため息をつきながら、首を左右に振った。哀れすぎて、かける言葉もない、というところか。

「でも大学生になると、さすがにもう体も大きくなったし、自分の身くらい守れるだろうと思って、キャンパスに通うことにしたんですが、今度は、逆にぼくのほうが同年代の人たちに加害者扱いされるようになりました。あるとき、同級生に好意を抱いて、友人になろうと接近したのですが、紳士的だったはずのその人は、ぼくに一方的に欲情して人前で襲い掛かってきたあげく、性犯罪のかどで処罰を受ける羽目になったことをひどく恨んで、自分はぼくに誘惑されただけだ、自分こそ被害者だ、ノエル・ブラウンは淫乱な卑劣漢だとなじりました」

ほかにも似たような理由で糾弾《きゅうだん》する人が何人も現れるうちに、本当にいつも被害者なのか、それとも実は裏で何か人を惑わすようなことをしているのではないかと囁かれるようになり、ノエルは大学での居場所を失って、退学を選んだ。

聞いていた大神は、苦々しい表情で問うてきた。

「それは……やっぱり、例の『うさぎ獣人のフェロモン』の影響だったのか？」

ノエルはうっすらと苦笑することで、それを肯定した。

「そうなのだとはっきりわかったのは、退学後、親戚の女性から譲り受けたティールームを経営していたころでした。経営者になってからも、似たような被害を何度も受けたので、ロンドンの大きな病院で診断を受け、ぼくは自分が獣人であることを初めて知ったんです。でも、そのとき処方された抑制剤がぼくには合わなかったようで、逆にその効能に逆らうかのように、耳や尻尾まで出てくるようになってしまって……そんなとき、またぼくをストーキングする男が現れて、彼に拉致されたとき、たまたま目撃者になって警察に通報してくれたのが、英国旅行中の的場オーナーだったんです」

大神は口元を不満げに曲げた。

「……きみがあの男に妙に忠実なのは、そのためだったのか……」

「オーナーは、ぼくのような厄介な性質の獣人を雇ってくれて、人に誇れる仕事まで与えてくださったんです。だからぼくは、自分の居場所を守るためにも、ホテルのため、オーナーのために、できるだけのことをしようと思って……」

そのとき、唐突《とうとつ》に病室のドアがノックされた。

正確な四連打。同僚の誰かだろうか、と緊張したノエルの表情を見て、大神が席を立ってドアへ向かう。

「ヤッホー！」

底が抜けたような声と共に、大きな花束が振られた。黄みがかったクリーム色に薄くピンクを刷いた、ホテルの名にちなむバラ、「ナーサリーライム」だ。

「的場オーナー……」

大神とノエルは同時に、気の抜けた声を出してしまった。相変わらず空気を読まない人だが、今はそれが救いになった。ノエルが「どうぞ、お入りください」と告げると、大神は渋い顔をしつつドアを大きく開く。そして的場とノエルに気を使ったのか、「飲み物を買ってくる」と言い残して、病室を出て行った。

その姿を見送って、的場はフフフッと丸い体を揺らして笑った。

「大神くん怒ってたね。もしかして、これからいいところでお邪魔しちゃった？」

「いえ……その……」

いきなりからかわれて、ノエルは困惑した。あの鵜飼といい、どうしてみんな、何も起こらないうちから、ノエルと大神がくっつきそうだと悟ってしまうのだろう？　いや、これはただ単に、ふたりの親密さをあてこすっているだけなのか？　それなら、まだ「そういうのじゃありません」って誤魔化しておけるのか？　いや、この際に正直に……。

ノエルがぐるぐる思案していると、的場はパタパタと手を振って笑った。

「ああ、隠さなくていいよー。というか、もう隠せないからね。あのとき、大神くん、きみを抱きかかえて、『ノエルはおれの恋人だ！』って大声で明言しちゃったからさー」

「……ッ！」

そういえばそうだった、とノエルは思い出し、一気に赤面した。耳の中に、あのときの大神の大音《だいおん》声《じょう》がよみがえる。

『寄るな、寄らないでくれ！　ノエルはおれの恋人だ。おれだけのものだ！　誰も、誰も近寄るな！』

ああ、とノエルは脱力した。さすがに少し、大神を恨んだ。

「み……みんなに知られてしまいましたか？」

おそるおそる尋ねると、さすがの的場も、浮かぬ顔で答えた。

「八橋くんには一応、口止めしておいたけど……目撃者は彼だけじゃないし、いかんせん、人の口に戸は立てられなくてねぇ」

「そ……う、ですか」

ははは、とノエルは乾いた笑いを漏らした。

「万年発情期体質の淫乱獣人の上に、同僚とつるむゲイだ、なんてことを、みんなに知られてしまいましたか……」

羞恥心よりも先に、乾いた笑いと虚無感が湧いてきた。これまでの懸命な努力は何だったのだろう、と、全身から魂《たましい》が抜けていくような気持ちになる。

大神は悪くない。重大な、けれどいつかはバレる宿命の隠し事をしていたノエル自身の自業自得だ、これは。

「これでもう、ぼくは、ナーサリーライムにいられなくなりましたね——」

ノエルはどっと首から下に血が引いていく感覚の中で思った。あの愛しいアール・デコの輝きと永遠にお別れか、と思うと、何とも言えない失意が込み上げてくる。ノエルにとっては、自分の一部も同然の場所、最後の安住の地であったのに——。

「大丈夫だよ」

ふいに、失意に沈むノエルの丸くなった背なをさすりながら、的場が言った。

「大丈夫だ。残念ながらというか、大神くんの正体と、きみと大神くんの関係がただならぬものであることはバレてしまったけれど、きみの正体は知られずに済んでいるから」

「――えっ」

ノエルは顔を覆っていた両手から、頭を振り上げて的場を見た。

「ど、どういうことです？　ぼくはあのとき、確かに垂れ耳が出て、フェロモンもだだ漏れで――」

「さあ、それさ」

的場はさっきまで大神がかけていた円椅子に座り直した。彼なりに緊迫した顔が、ずいと迫ってくる。

「あのとき大神くんは、自分の獣臭をまき散らしつつ、きみを自分の懐深く抱き込んでいただろう？」

「え、ええ――」

もふもふと柔らかい獣毛にくるまれていた感触を、ノエルは思い出す。

「だから、八橋総支配人とその他の目撃者は、きみのフェロモンに直接当たらずに済んだし、きみの姿を見ることもなかった。彼らは、大神くんが狐獣人だとは知っても、きみがうさぎ獣人だということには気づいていない。大神くんの姿と匂いに誤魔化されてね」

えっ……と、ノエルは声を上げた。

ぼくがうさぎ獣人であることは知られずに済んだ？　そんなことがありうるのだろうか？　あれだけの騒ぎを起こしておいて、そんな、幸運なことが？

「すべては、大神くんの捨て身の行動のおかげだよ、ノエル」

的場は、父親代わりとしての仕草で、ノエルの頭を丁寧に撫でた。

「彼はきみを、本当に、心から守りたいと思っているんだねぇ。一《いち》か八《ばち》か、自分の正体を現して、うさぎ耳とフェロモンの出ていたきみから、人の目を逸らしてあげるくらいに」

「……かれ、が……？」

ノエルは言葉を失った。あのとき、あの場所で、大神が唐突に変化し、正体を現した理由がわかった。彼は自分の身をもってノエルを隠そうとしたのだ。大神だって、あの瞬間までノエルの正体は知らなかったはずだから、おそらくとっさの、本当に瞬間的な判断だったのだろう。彼の大変身は、スタッフたちの耳目《じもく》を自分のほうに集め、なおかつ、ノエルを獣毛の下に隠すためだったのだ。うさぎ獣人の正体がバレて、ノエルが今後、このホテルで、肩身の狭い思いをせずに済むように、そうしてくれたのだ——。

「そ……そんな……でも、そんなことをしたら、彼だけが世間からの白い目にさらされるじゃないですか、そんな——まさか」

それを承知で、彼はノエルを人目から庇ってくれたとでもいうのか——？　ノエルのために、またわが身を盾にして、犠牲《ぎせい》になってくれたというのか……？

「彼はきみを、心から愛しているんだよ、ノエル」

的場の声が物柔らかに響き、バラの花束が、ノエルの前に差し出される。

「そりゃ、獣人の本能で『獲物』に惹かれている部分も、少しはあるかもしれないけれどね。彼はきみのために、自分の社会生活の安寧《あんねい》と、これまで築いてきた地位を犠牲にしたんだ。本能だけの獣に、そんなことはできない。誰かのために自分を犠牲にできるのは、人間の心を持つ者だけだ」

的場はバラをノエルに手渡しながら、真剣に告げた。

「きみを愛しているという彼の心は、獣人の本能じゃない。彼の、人としての真心だとわたしは思うよ、ノエル」

「……う、っ……！」

ノエルはバラを目の前に、滂沱《ぼうだ》の涙を零した。

今この場にいない大神のことを、渇仰《かつごう》するように強く想った。亮、亮、あなたは……！

（あなたという人は……！）

「馬鹿だ……こんなぼくを……二度も守って、ケガをしたり、人から悪く言われるような真似をしたり――……！　何で、何でぼくなんかのために、そんな――！」

ナーサリーライムの花束を抱きしめて、震える。大神亮の偉大さに比べれば、自分などひどく卑小な存在でしかない。なのにあの男は、二度も我が身を顧《かえり》みずノエルを助けてくれた。そんなことをされても、ぼくに返せるものなど何もないのに。

「ノエル」

震えて泣くノエルの背中を、的場は丁寧にトントン叩いて慰める。

「ノエル、さあ、ほら、落ち着いて――ぼくなんか、なんて言っちゃ駄目だ」

的場は、言葉つきを少しだけ厳しくして言った。

「きみは大神くんにとって、かけがえのない人なんだよ。彼はきみの正体がうさぎ獣人だと悟ったとき、ほんの刹那《せつな》の躊躇もせず、きみを守った。そんな素晴らしい男が、熱愛を捧げている相手なんだよ、きみは。だからきみは彼のために、自分をもっと大切にしなきゃいけない」

「オーナー……」

「うん、いい子だ。いい子だ」

的場はまるで三歳の子どもにするように、ポケットから取り出したハンカチで、ノエルの目元と鼻先をごしごし拭いてくれた。すんっ、と鼻先を鳴らして、ノエルは目を上げる。

そのとき、大神が帰ってきた。

泣きぬれた気配のノエルを見て、ぎょっと目を剝いている。

「り、亮――」

スタスタと大股に近づいてきた大神は、ノエルの手から、いささか乱暴に花束を取り上げた。そして、きみが抱きしめるべきはおれのほうだろうとばかり、ぎゅっ、とノエルを腕の中に囲い込む。

「ちょ、あ、やだ……！」

拒もうとしても、大神の腕は緩まない。的場の目の前で、見せつけるように抱かれて、ノエルは茹《ゆ》だるかと思うほど上気した。

「ノエルに触れるな」

大神は、ぎろり、と目を剝いて的場を睨んだ。

「ノエルはおれのものだ。おれ以外の人間が触れるのは許さない。泣かすなどもってのほかだ。何を話したのか知らないが、とっとと出て行ってくれ」

「やれやれ」

的場は寛大にも、肩をすくめるだけで、大神の無礼を咎めなかった。

「嫉妬深さも少しくらいなら、男の魅力を増すスパイスになるけどね……。じゃあ、邪魔者はさっさと退散するとしようか」

「あ、あの、お茶の一杯くらい……むぐ」

引き留めようとしたノエルの口元を、大神の手が余計なことは言うな、と塞ぐ。的場は最後にもう一度「やれやれ」と口走り、「じゃあねー」と子どものように手を振りながら帰って行った。

「……っ、ぷは、亮、ちょっと、あなたね」

仮にも上司である的場に対してあんまりではないか、と注意してやろうとしたノエルは、だがすぐにまた口を塞がれてしまった。

——今度は唇で。

「む……ん、んんん……！」

ごぅぅ……と、三台の空気清浄機が、かすかな音を立てて稼働している。

「あ、ちょ、り、亮、やだ、や、ら……」

大神は、妙に執拗《しつよう》だった。唇を合わせただけではノエルを離そうとせず、中まで舌を入れ、絡みつかせてくる。

「ん、んふ……」

ぴちゃぴちゃ、ちゅく……と、下腹の奥まで震えるような音が響く。大神を突き放そうと、儚《はかな》い抵抗をしていたノエルの手が、ぱらりとシーツに落ちる。

（あ……駄目……。こんなやらしいキス、されたら、ぼく……！）

甘ったるい蜜のような匂いが、ノエルの体から立ち始める。空気清浄機がそれを感知したらしく、排気音が大きくなった。

「亮、だ、駄目……」

もうこれ以上は駄目。そう言ったのに、大神はやめてくれない。ノエルの、だらしなく開いた口の端から、透明な唾液《だえき》が零れる。

脳の中の何かが蕩けていくのがわかる。かわりに、何かとても猛々しい、凶暴なものが湧き上がってくる。それは本能とか性欲とか言われるものだ。野性、とも言うかもしれない。ふーっ、ふーっ、と呼吸が荒くなり、体が熱くてたまらない。

ノエルは大神のシャツを摑んで懇願した。

「よ、抑制剤……！　亮、ナースコールして、お医者さんに抑制剤を……！」

「駄目だ」

大神はにべもなく言い切った。

「忘れたのか。ほんの一週間前に、過剰服用で死にかけたばかりだろう、きみは」

「これ以上発情したら、ぼくは本物の三月のうさぎになっちゃいます！」

交尾することしか頭にない、サカリのついた、頭のおかしい、三月のうさぎに。

そう言ったのに、大神はうすら笑うだけだ。

「そうなったきみが見たい、と言ったら？」

「――ッ……！」

「ノエル、おれは少し怒っているんだ」

入院着の隙間から、男の手が素肌《すはだ》の上に侵入してくる。

腰を撫でまわしたそれが、しだいに、下に降りて、尾てい骨のあたりをくすぐった。

「～～～ッ！」

「抑制剤を常に飲まなくてはならない体だということを、的場オーナーには言っておいて、なぜおれには言ってくれなかった？」

オーナーは何もかも知っていたんだろう、と大神は、体を撫でまわされてビクビクと震えているノエルの耳のそばで囁いた。大神には教えてくれなかった秘密を的場は知っていた。それがこの「怒り」の原因らしかった。

「なぜ、おれを信じて、すべてを預けてくれなかった」

「それは……だ、っ……！　だってッ……！」

「おれよりもあの男のほうが信用できたからか？」

ノエルは体をまさぐられながら、やっとの思いで、ふるふると首を横に振った。違う、違う、と。

的場が何もかも知っていたのは、そうなるまでに色々といきさつがあったからで、決して大神よりも彼のほうに信頼を置いていたからではない。むしろ大神に言えなかったのは、彼が誰よりも大事だったからで——……。

「あ……あなたに」

ノエルは涙ながらに告白した。

「嫌われたく、なかった……。軽蔑、されたくなかったッ……！」

「うん？」

「あなたもどこかで聞いたことがあるでしょう？　ぼ、ぼくらうさぎ獣人は、フェロモンをまき散らすだけじゃなくって、なるべく強い相手に、この体を、めちゃくちゃに嚙み裂かれて、食べられたいって望む本能があるってっ……！」

ふーっ、ふーっ、と、興奮に息があがっていく。

「あなたには、淫乱で、みっともない、あさましいうさぎだって……ッ……！　思われたく、なかったッ……！」

そう口走った瞬間、左の乳首をつままれた。無理に尖らせるように引っ張り上げられ、ぐにっ、と折りたたまれる。

「ひ、っ」

じわり、と濡れる。

それを確認するかのように先端を素手の指で撫でられて、ノエルは「ヒィィ」とかすれた悲鳴を上げた。

「淫乱であさましいうさぎ、か」

なるほど、と大神はノエルの膨張した形を丁寧になぞりながらつぶやく。

もう片方の手は、尾てい骨のあたりを執拗にいじっている。そこには、ひくひく震える小さな小さな茶色い被毛の尻尾が出ているはずだ――。

「確かにずいぶん反応しやすい体だな。少し苛《いじ》めただけで、もうおれの指がびしょ濡れだ」

「……ッ、言わ、ないで――！」

「こんなにも愛しくて、美しいいきみを、誰がそんなふうに謗《そし》った？」

ん？　といじわるく問いかけられながら、ノエルは濡れて膨らんだ性器と、感じやすい尻尾をいじられた。

いつのまにか出ていた垂れ耳が、切なげに震えていた。ノエル自身も、まるで熟《う》れた桃のような色に染まっている。大神が服の下でいじりまわしている部分は、たぶん、言いようのない黒ずんだピンク色だろう。それがさらに、びしょびしょに濡れている。そんな醜《みにく》い光景を、大神は、愛しくて美しいと言う。

「あ……だって……色んな人……色んな人が……！」

「ふん、色んな人が、か」

大神は指先ひとつでノエルを苛めながら、鼻を鳴らした。ごしごしと尻尾のあたりを乱暴にこすられて、自然に腰が浮いてしまう。

「おおかたそいつらはみんな、きみのフェロモンに当たって欲情し、拒絶されて逆恨《さかうら》みした連中だろう。違うか？」

「あ……そう、そ、そう……！」

「そんな奴らが、これまできみの人生を支配してきたわけか」

いら立たしそうに言いながら、大神はノエルをベッドの上に横たえた。窓からの光が照らすベッドの上は、白いシーツが照り映えるほど明るくて、ノエルは恥ずかしさにもがいた。

「り、亮っ……何、何するつもり……？」

「きみを解放する」

大神はノエルの下半身から衣服をすべてずるりと剝いてしまいながら告げた。

怒張した性器、お尻に生えた恥ずかしいほど貧相な尻尾。すべてが白日のもとにさらされる。

「今まできみを縛ってきた、つまらない呪いからな」

言うなり、大神はノエルの股間にしゃぶりついてきた。すっかり濡れて、膨らみ、天を衝《つ》いてひくひくと震えているものに。

「ひぁ……！」

口に含まれた瞬間、ノエルは羞恥の悲鳴を上げた。信じられない、と思った。だがまともにものを考えることができたのは、そこまでだった。大神はノエルのそれを、躊躇もなくなめ回し、吸い上げ、しごいて、滲み出たものを飲み下しさえした。

「り、亮、りょう、ああ、あ、亮……！」

尻尾がぴくぴく震える。汚いのに。穢《けが》れているのに。ノエルは罪悪感に身悶《みもだ》えて苦しんだ。大神を汚してしまう。淫らなぼくが、愛するあなたを汚してしまう……！

けれどノエルは、ひとたまりもなく、すぐに大神の口に放ってしまった。しかもあきれたことに、ノエルのものはそれで満足せず、また硬くみなぎり、元気になる兆候を見せた。大神はためらわなかった。ノエルの二度目の欲情も、自分の口で処理した。

まるでわが子の排泄《はいせつ》を舌でなめて促す獣のようだ——と、ノエルは虚脱感の中で思った。


病院の、何かの医療器具を運ぶ陰気な喧噪《けんそう》が、遠くから聞こえてくる。

嵐のような情事のあと、ノエルはまた病院着を着せられ、シーツの上に横たえられて、上掛けを胸元までかけられて、おとなしい入院中の患者に戻った。不埒《ふらち》で背徳感に満ちた行為の気配は、もうどこにもなく、大神という男の、したたかなほどの手際のよさを、ノエルは改めて思い知らされた。

「何か欲しいものはあるか？　水分は？」

「——何もいらないです……」

ノエルは体から力が抜けたままだった。

大神はノエルを呪いから解放すると言っていたが、これがその解放された状態なのだろうか。何だか魂の一部が、体から消えてなくなってしまったような気分だ。

「あなたこそ……その、口をすすがなくても？」

「平気さ。むしろ極上の味だった。まるでこってりしたクロテッドつきのクリームティーみたいに」

「何てことを言うんですか！　もう」

枕を投げつけんばかりに憤慨するノエルを見て、大神は嬉し気に笑っている。

（何だか満足そうだな）

ノエルは男の顔を見ながら思った。獲物を腹いっぱいに貪り食ったばかりの肉食獣のように、今の大神は満たされているようだ。

もしかして、被虐的な本能を持つうさぎ獣人とは対照的に、肉食獣系の獣人は、相手をもてあそんだり、思い通りに翻弄《ほんろう》することに本能的な充足を感じるのだろうか。だとしたら——だとしたら、ただでさえ数の少ない獣人同士が出会って恋人になったこと以上に奇跡的に、ぼくたちは互いを完璧に満たしうる関係だということだろうか。

この世で望みうる最良の、運命の相手、ということだろうか——。

「ノエル」

呼びかけられて、ノエルは思わず背筋を伸ばし、「はい！」と答えた。頬が熱かった。何を考えているんだ。「運命の相手」だなんて、いい年をした大人が、そんな甘ったるいロマンチックなことを——。

「退院したら、なるべくすぐに、きみを抱きたい」

「……っ」

対して大神は、ロマンチックさのかけらもなく直接的だった。

——そうだよな、この人はそういう人だよな……。

ノエルはため息をつく。よくも悪《あ》しくも、歯に衣《きぬ》着せない。大神亮はそういう男だ。

「言っておくが、さっきのなんか序の口だぞ。あの程度でおれと結ばれたなんて思わないでくれ。おれは、もっときみをびしょびしょに濡らして、体が火照《ほて》ってたまらないくらい欲情させて、それから——ひとつに繋がりたい」

「……！」

ノエルは内心で、ひぃぃ、とのたうち回った。あれ以上の行為なんて、ありうるのか？　そんなことをされたら、こんどこそ羞恥で悶え死んでしまうんじゃないのか？　くらくらとめまいがする。

「もちろん、やさしくする。充分に準備をして、きみが苦痛を感じないように、存分に、快楽に浸《ひた》って楽しめるよう、配慮する——世間の奴らがジョーク半分口にするようなエロスなど、本当のエロスじゃないと、きみに教えてやろう」

「……ひぇ」

ノエルは恐怖に打ち震えた。それと同時に、体の芯が熱くなるような期待感が湧き上がってくる。この成熟した男が教えてくれるのは、いったいどんなものだろうと。

すると大神は、少し表情を改めて告げてきた。

「ノエル、おれは、人が想いをかける相手を前に欲情することを、淫乱だとか、あさましいだとか、そんな風には思わない。きみの場合は、多少周囲の人間に影響が及ぶにしても、それは基本的にはきみの体質であって、責任じゃない」

「……」

「おれは、きみが欲情し、肌を桃色に染めて本能のままに振る舞う姿を、美しいと思うし、愛しいと思う」

ノエルはおそるおそる尋ねた。

「……本当に……？」

「本当だ」

真面目くさって答えたあとで、大神はノエルをしっかりと抱きしめ、額にキスをしながら嬉し気に言った。

「恋人が悦《よろこ》びに身をゆだねる姿を見せてくれたのを、喜ばない男がいるか？」

「……」

見せてあげたわけじゃないんですけど、と、少々恨めしく、ノエルは恋人を睨んだ。無理やり、見られたんですけど……。

するとその眼つきに気づいてか、大神は可笑しそうに笑った。

「口では淫乱だのあさましいだのと豪語するくせに、実際のきみはずいぶんうぶなんだな」

ノエルの恨み顔を笑い飛ばし、大神は立ち上がった。

「まあいい。おれがこれから骨も残さず食い尽くして、きみをおれなしではいられない、本物の淫乱うさぎにしてやろう」

にたりと笑った大神が、キスを求めてかがみこんでくる。

それが、しばしの別れの挨拶だと気づいたノエルは、ひく、と震えながらも、おとなしく受け入れた。

どうやら自分は、大変な怪物から寵愛《ちょうあい》されてしまったようだ、と思いながら。


ノエルの退院の日、大神は当然のように迎えに現れ、荷物の整理からノエルの着替えの手伝い、退院の手続き、最後に看護師詰め所への菓子折り持参の挨拶《あいさつ》まで、ひとりでさっさと済ませてしまった。

ノエルは手も口も出せないまま、なかば茫然とそれを見ているだけだ。

「——何だか慣れてますね」

「母のことで何度か、な」

「ああ……」

聞いてはいけないことに触れてしまったかな、とノエルは案じたが、大神は特に何とも思っていない顔で、だが改まってノエルを見据え、「一度会ってやってくれないか」と言ってきた。

「——お母さんにですか？」

「ああ。きみを襲ったことを気に病んで、謝りたいと言っていたし……」

ノエルの荷物をすべて持った姿でタクシーを待ちながら、大神は告げる。

「母はきみの菓子ならおいしいと言ってよく食べるんだ。それ以外はほとんど拒食状態で……不甲斐ない息子としては、正直助かっている」

「そうだったんですか」

ノエルは朝食を自ら運ぶ大神の姿や、その朝食がひと匙《さじ》も手を付けられないまま下げられてきた様子を思い出した。菓子だけしか食べない、というのも好ましい状態ではないが、まったく食べないよりは、大神もいくらか安心なのだろう。それに、「きみの菓子だけは喜んで食べる」と言われるのは、ノエルにとっても誇らしいことだ。

「じゃあ今度、あのいただいたブラムリーアップルでパイを作りましょう！　イギリスでは甘いパイやプディングには、皿の中でパイが泳ぐくらいたっぷりカスタードソースをかけて食べるんです。おいしいし、栄養もありますよ！」

「それはいいな。母にも楽しみにしておくように言うよ」

「それと、もしよければ、食べやすいチキンスープやコテージパイなんかも――」

言いさしたところへ、タクシーが来た。乗り込んだ大神がノエルのマンションの住所を告げるよりも早く、ノエルは「ホテル・ナーサリーライムへ」と告げた。

「ナーサリーライムへ？　ちょっと待ってくれ。きみ、この足で職場に顔を出すつもりか？」

「迷惑をかけましたから、お詫びかたがた、ご挨拶に行かないと」

やたらに丁重に振る舞おうとするノエルに、大神は「きみは変なところまで日本に順応してるな」と零した。

「そんなもの明日でいいだろう。今日はまっすぐ自宅に向かって、まず体を休めたらどうだ？　どんなに至れり尽くせりでも、病院のベッドじゃ身が落ち着かなかっただろう？」

「でもオーナーにくらいは……」

ノエルが退かない意志を見せると、大神は案外とあっさり譲歩した。

「短時間で済ませてくれよ」

渋い顔をしつつも大神がそう言ったので、タクシーはやっと目的地に向けて走り出した。

「今夜はきみの快気祝いに、鵜飼のところのレストランのディナーを予約してあるんだからな」

「ええっ？」

初耳である。

「……嫌か？　体に負担なら、今からでもキャンセルするが？」

「いや、嫌っていうか――何でわざわざ鵜飼さんのホテルなんですか？　レストランならナーサリーライムにだってあるし、そのほうが的場オーナーにも来てもらいやすいし……」

的場はノエルの入院中、多忙なスケジュールを調整して一度見舞いに来てくれた。快気祝いに呼ぶのは当然だろう、とノエルは思っていたのだが。

「あのな……」

大神は呆れたような顔で嘆息《たんそく》した。

「きみはまだ、おれとの関係を、きちんと認識していないようだな」

「……はい？」

大神は、突然、言語を英語に切り替えた。ネイティブならかろうじて聞き取れるほどの、なめらかすぎる早口で、彼はこう言った。

『恋人との初ディナーに、ふつう同僚やら上司の目のある職場のレストランを使わないだろう？』

「……っ」

運転手に内容を悟られないように、大神は英語にしたのだろう。なのにノエルは悲鳴を上げそうになった。

（――そ、そうか。ぼくと彼はもう……）

　互いの気持ちを確かめ合った上で触れ合えば、もうふたりは恋人同士で、恋人同士ならふつうディナーは邪魔の入らない場所にふたりきりで行くものだ。それが世の常識だ。

「す、すいません……」

「謝る必要はないさ」

　つくづくきみは変に日本の文化に染まっているな、と大神は笑う。不必要に、すぐに謝る。

「必要はないが……覚悟はしてくれよ」

「え……」

　大神はふたたび、早口の英語で告げた。

『朝までおれと過ごす覚悟さ』

　時刻の表示されたスマホ画面を見せつけながら、にまにまとノエルを眺めている。

「どうする？　ディナーのキャンセルは当日正午まで受け付けてくれるそうだが？」

（そうだった）

　ノエルは思った。あのとき、この男は、「退院したら、すぐに――」と、予告していたのだった。

　――きみを抱きたい。と……。

「キャンセルは……」

　ノエルは告げた。凜とした意志のある声で。

「キャンセルは、必要ありません」

それを聞いた瞬間の、大神の会心の笑顔を、ノエルは目に焼き付けた。

タクシーは、正午の近づく街の中を、滑るように走って行った。


——本当に、悪い狼に攫われてしまった。

シャワーの水音が響く中、青い両目が点になった状態で、ノエルは思った。

彼は今、洗い上げたばかりの体をバスローブにきゅっと包んで、クイーンサイズのベッドの端に腰掛けたまま、まるでこれから女王陛下のお茶会に臨むかのように緊張している。

豪華なディナーの味もろくにわからないまま、ノエルは鵜飼が勤めるホテルの一室へと連れてこられた。そのとき、高層階へと上昇していくエレベーターの中で、大神はノエルを見据え、「いまさら嫌とは言わせない」と、獲物を狙う肉食獣のような意志を、その目で伝えてきた。

(——どうしよう……あのときは、勢いで『キャンセルは必要ない』なんて言っちゃったけど……)

正直言って、ここにきて絶賛後悔中である。エレベーターの中での、大神のあの目を思うと、膝の上にきちんと揃えた両手が、カタカタと震えて止まらない。こんなことなら、もっとワインをおかわりして、いっそ「酔った勢い」でやらかしてしまえばよかった。

(で、でも、世の中の大多数の人間は、しらふで……してるんだよな？　みんないちいち、こんなに怯えて緊張しているのか？　それとも、ふつうの人間や獣人は、みんな平気でやってしまえるのか？　初めての相手でも？　初めての体験でも？）

万年発情期体質などと言われるうさぎ獣人だが、その性分通りの性生活を送っているかどうかは、はっきり言って人それぞれだ。性欲のままに奔放《ほんぽう》で享楽的な人生を送る者もいれば、薬や手術で性欲とすっぱり縁を切って、修道士のように清い生涯を送る者もいる。ノエルがそうなりかけたように、ふつうの社会生活を送りたい一心で、抑制剤を過剰摂取し、命を落とす者も少なくない。ノエルのように、決まった相手を持つ――というか、「今まさに持とうとしている」というのが正確なのだが――者はごく少数派だろう。

（決まった相手を持つって……どんな感じなのだろう。ぼくは両親が揃った環境なんて知らないし、育ててくれた母も結局再婚しないまま早くに亡くなったから、結婚生活とか、恋人のつきあいとかのイメージがよくわからない……）

――などと考えているうちに、シャワーの音が止まる。

大神がガラスドアの向こうで体を拭いている気配を感じて、ノエルはかっ、と体が火照った。

どうしよう……ど、ど、どうしよう……！

狼狽のあまり、立ち上がって部屋中をウロウロする。

「ノエル」

ドアを開ける音も聞こえなかったのに、突然、腰にバスタオル一枚の大神が部屋の真ん中に現れて、ノエルは「ひ」と腰を抜かした。

彼の髪の毛が濡れているところを、初めて見た……。

「うさぎ獣人は、心から惚れた相手には、骨まで食われたいと熱望すると、きみは以前言っていたな？」

「……！」

「どうだ？　きみは今、おれに食われたいと思ってくれているか？」

両肩を押さえられて、どしん、と強くベッドに押し倒される。すかさず浴びせられたのは、舌を絡みつかせる、濃厚この上ないキスだった。

「ん、ん」

くちゅ、と粘《ねば》り気《け》のある水音。しばらくそれが、スイートルーム内に秘めやかに響く。

「ふ……」

ねっとりとあとを引いて、ようやく唇と舌が離れたとき、ノエルはもうすっかり、身も心も蕩けていた。大神の頭から、漆黒の獣耳が出て、ノエルの言葉をひと言も聞き逃すまいと、ぴくぴく震えているのが、かろうじてわかった。

漆黒の、愛しい狐——。

夢うつつの間に、ノエルは囁いた。「食べられたい——」と。

早くもお尻で、小さな尻尾がぴくぴくと蠢《うごめ》いている。

「食べられたい。食べられたいです。ぼくはあなたがいい」

両腕で、懸命にすがりつく。決死の思いで、「好きです」と告白する。

「好きです、好き――本当は、もうずっと前から、あなたに抱かれたいと思っていました……」

「うん」

大神もまた、ノエルを抱きすくめ、右の乳首があるあたりに額を埋めて囁いた。狐耳がノエルの顔の前でぶるぶると震えている。

「おれもそうだ。ずっときみを抱きたいと思っていた」

「――……軽蔑、しませんでしたか？　淫乱な、いやらしいうさぎだって――」

大神は首を横に振った。

「するわけがない。きみとの情事を望んでいたのはおれも同じだ。何度も何度も、きみを抱く……いや、犯す夢を見た」

「――……っ」

ノエルは血の気が頰に差し上るのを感じた。この鉄面皮の男が、実はぼくをどうこうする妄想で、頭をいっぱいにしていたって？　尻尾と呼ぶのもおこがましい小さな茶色い被毛の突起が、ぴーん、と緊張する。

「きみに初めてのキスをしたその日から、おれの頭の中も、きみをこうして組み敷いて、可哀想になるほど泣かせながら、めちゃくちゃに犯すことでいっぱいだったよ」

そう告げられて、それを「嬉しい」と感じることは、姦淫《かんいん》の罪だろう。その重さで地獄に落ちるかもしれない。でも、いい。それでもいい。

「嬉しい……嬉しいです、亮――」

「ノエル」

「亮――！」

歓喜の渦の中で、喚いた言葉は、「ぼくをあなたのものにして」だったか、「早くぼくを食べて」だったか。もう自分でもわからない。わかったのは、頭からうさぎの垂れ耳がぺろりと飛び出したことと、すべての緊張感が尻尾のほうへ突き抜けていったことだけだ。

バスローブを脱がされた。布地一枚の下はまったくの全裸だ。大神も同じく、腰に巻いていたバスタオルを取り去ってくれたのが嬉しかった。裸と裸。何の境界も隔てもない、一対一の体を、ぴったりと重ね合う。

勃起しているのも濡れているのも、獣耳と尻尾が出ているのもお互い様だった。そうと知って、ノエルは安堵する。大丈夫、この人は、ぼくを軽蔑したりしない。淫乱なサカリのついた三月のうさぎだと、ぼくを罵《ののし》ったりしない――！

「……っ、はぁ……あ……あ、ああ……！」

素晴らしい口淫《フェラチオ》で、ノエルは下半身がびくびく跳ねるくらい感じさせられた。先端をストローでも吸うように吸い上げられ、茎の部分をしたたかに手でしごかれて、恥ずかしいくらいあっさり射精してしまう。放ったものを腹の上に飛び散らせたまま、くったりと脱力している間に、うしろの秘めた蕾《つぼみ》にするりと指が入れられる。

「んっ……」

びくん、と腹筋と尻尾を波打たせて反応する。

「痛いか？」と大神は案じたが、そういうわけではなかった。今まで、そんな場所に触れられたことが一度もなかったから、戸惑っただけだ。それに大神は、何かぬるつくローションのようなものを使ってくれたから、多少の異物感以外は何の苦痛も感じずに済んだ。

「い、痛くない、けど、んっ、り、亮……っ……。そ、そこ、い、入れるの……？」

ぐちゅぐちゅと音を立ててかき回されながら、ノエルは問いかける。そんな恋人に、大神はよしよしと頬を撫でてやりながら答えた。

「入れなくても、手や口で愛撫《あいぶ》すれば快楽は得られるが——ここを使えば、おれときみは同時に快楽を共有できる」

「——同時に？」

「そう、おれはきみの中に包まれて天国を見れるし、きみはおれのものに、ここを……」

奥に潜《もぐ》り込んだ指先に、ぎゅっと一点を突き上げられて、ノエルは「ひゃぁ」と声を上げる。

「ここを、いっぱい突き上げられて、同じものを感じられる。そうすれば、ふたりで同時に、ひとつに溶け合える」

「んっ、あ、ふたりで、ひとつに――……」

なんて素敵なんだろう、と喘ぎながらノエルは思った。この人とひとつになれる。それが叶うなら、ほかにはもう、何もいらない。

「は、早く来て、亮」

ノエルは両手を伸べて囁いた。指を埋められているお尻で、小さな尻尾がピンピンと揺れている。

「ぼく、あなたが欲しい……」

「いや、もう少し……あと一本、指が入るまで我慢してくれ」

でないとケガをさせてしまう、と大神が言う。そのやさしさに、またすこしジンと痺《しび》れてしまったノエルは、やたらに元気に上を向いている先端から、透明な液を滲ませ、それをツッ……と垂らせた。

恥ずかしい、と思ったが、その羞恥をぬぐうように、大神がノエルの茎の部分にキスをくれる。

「あ……や、やだっ……」

見ないで、と悲鳴を上げるノエルに、だが大神は告げた。

「きみが感じているかどうか、確認したいだけだ。恥ずかしがらなくていい」

「やだ……！　み、見ないで……！」

「いや、駄目だ。見る」

大神は大真面目にいじわるなことを言う。

「感じることは、恥ずかしいことじゃない。きみがそれを理解するまで、おれはずっときみが出すのを凝視するぞ」

「やだ、や、やだ……やだぁ……！」

ノエルは拒んで泣いたが、大神はノエルの反応をひとつとして取りこぼすまいと、獣の鋭い目と耳で、ノエルをじっくりと観察し続けた。ノエルの先端がぷちゅぷちゅと音を立て、小さい尻尾がぶるぶる震えるたびに、大神の黒い獣耳が嬉しそうにひくんひくんと動くのが、とてつもなく恥ずかしかった。

そうして、散々いじわるく泣かされ、幾度も小さくイかされたあとで、ようやく大神はノエルの中から指を抜き、その目を遠ざけてくれた。

「はぁ……はぁ……」

初めて知った。見られる羞恥は快感を高めるのだと。

ノエルが四肢を投げ出してくったりしている間に、大神は何か小さな包みを破いて中身を股間に装着していた。それがコンドームであることくらいは、うぶなノエルもいちいち確認せずとも察しはつく。

「亮……」

「うん」

「好きです」

「おれもだ、ノエル――おれのノエルっ……！」

ふたりは絡みつくようなキスをしながら、ひとつに繋がった。

「あ、ああっ……！」

中の粘膜《ねんまく》がこすられる。前立腺の裏に達する達しない以前に、ノエルは自分の体の中に大神を受け入れているという感覚でいっぱいになった。全部を入れられてひとつになったとき、ノエルはようやく、大神の尾てい骨のあたりから生えている太くて立派な尻尾に、素足で触れた。もふもふとした豊かな感触が、肌をくすぐる。

（ぼくの大きな真っ黒い狐さん……）

幸せで、涙が出る。

大神が動き始めてすぐ、ノエルの中の、何かに火が付いた。大神はどうにかノエルに快感を分けようと必死だったが、ノエルはもう、そんなことはどうでもよかった。自分の中に大神がいる。肉食獣の大神が、激しく、すさまじくノエルを貪っている。その感覚だけで、坩堝《るつぼ》の中に投げ込まれたように全身が熱く燃えた。頭の中も体の感覚もめちゃくちゃで、自分が今、人間なのか、獣なのかもよくわからない。

「お、お願い、ぼくを食べて。もっと食べて。あ、奥、もっと奥。おなかの中、きっと柔らかくておいしいから、ああ、あああ！」

ノエルは終始淫らに鳴き続け、尻尾をびんびん揺らして、食われる苦痛と快楽に浸った。「おいしい？　ねえ、ぼく、おいしい？」と泣き声で問えば、「ああ、最高だ」という答えが返ってくる。そのたびに、ノエルは垂れ耳が立ち上がりそうになるほど悦びに震えた。

すさまじい情事だった。長く、何度も続き、ノエルはありとあらゆる体位で貫かれ、揺さぶられてははらわたから食い尽くされた。入れられたまま、何度か手でしごかれて、射精を促されては派手に放ち、その都度、中に収められた大神の男根をしたたかに淫らに締め上げた。

「あ……あ、あ、あ……。亮、りょう……」

幾度目かの営みの末、ほとんど気絶する寸前で、ノエルは大神に正面からすがりつき、彼のうしろ肩に爪を立てた。

「……っ！」

「あ、ああ……ッ！」

大神はノエルの中で達し、その細動を感じながら、ノエルもまた、奔放に放つ。

大神のうしろ肩に食い込んでいたノエルの爪が外れ、ぽとり、と手が落ちた。

「ノエル……」

誰よりも愛している。おれのただひとりの番《つがい》――。

万感の思いを込めたその囁きに、ノエルの垂れた耳と小さな尻尾が、ぴくぴくと蠢いた。

大神は、シーツの狭間《はざま》に埋もれたノエルを腕に抱きながら、「夢のようだ」と囁き、額にキスをし

てくる。

「美しい人……きみと、こんな風に愛し合えるなんて……」

それはぼくのセリフだ、とノエルは思った。まさかこの男とこんな関係になるなんて、と夢見心地のまま思う。最初に出会ったときは、それはもういけすかない男だと思ったのに、今では誰よりも大切な恋人だ。

「――亮」

叫びすぎて少しかれてしまった声で、ノエルは囁きかけた。大神は「何？」と問いかけながら、また額に口づけてくる。どうやらこの恋人は、ノエルのおでこがお気に入りらしい。

「あの、ぼく……実は、『ナーサリーライム』のみんなに、自分がうさぎ獣人だってこと、告白《カミングアウト》しようかと思っているんです」

「ん、ん？」

大神は少し首を起こして、ぱちぱち、と目を瞬かせた。大神亮は滅多に驚くことのない人間だが、それでもたまに驚いたときには、必ずこの癖を見せる。

「せっかく知られずに済んだのに？」

「ええ、あなたが庇ってくださったおかげで」

ノエルは、出たままになっている大神の三角形の獣耳を、そっと撫でた。ぬくもりと、なめらかな黒い被毛のある耳が、撫でてくれる指を喜ぶかのように、ぴくぴくと揺れる。

「でも、そのせいで、あなたは、獣人であることをみんなに知られてしまった」

「ノエル……もしかして、きみ、おれに罪悪感を抱いているのか？　おれの犠牲で、自分だけ正体を知られずに済んでしまったと？」

ノエルは答えなかったが、大神はシーツの間で姿勢を変えて、ノエルの体を抱え直した。

「そんなことは気にしなくていい。おれは自分の正体について誰に何を言われようが傷つかない。そんなことには、もう慣れている」

「うそだ。そんなものに慣れる人間なんかいない」

大神は獣耳をピピッと振って、ノエルの指を払った。

「うそじゃない。言いたい奴には言わせておけばいいとおれは思っている。けれど、きみを傷つけようとする輩《やから》が現れることだけは、どうしても我慢できない」

「亮――」

ノエルは、そう言ってもらえて幸せなような、逆に説得に骨が折れそうで困惑したような気持ちで、同衾《どうきん》する恋人を見つめた。

「でも、それじゃあ、ぼくはあなたの犠牲の上に、安寧な生活を続けることになります」

「それでいいじゃないか」

「よくない」

ノエルは物柔らかな声で、しかし厳しく断言した。それは自分に向けた厳しさだった。

「よくない。それでは駄目です。駄目なんです、亮。ぼくはあなたを愛しているけど、あなたと対等でもありたいんです。あなたの庇護《ひご》にすがって、びくびく震えながら生きていく臆病《おくびょう》なうさぎでいるのは、嫌です。ぼくにはぼくの誇りや自尊心《プライド》があります。それは、どんなにあなたが力強くぼくを守ってくれようと、ぼくが自分の力で守らなければならないものなんです」

「……」

「愛する人を犠牲にして得た幸福に浸って生きていくのは、ぼくの誇りが許しません。亮、ごめんなさい——ぼくは誤魔化しも、嘘偽りもないぼくとして、胸を張って生きていきたいんです。たとえあなたの心遣いを、無にすることになっても」

何ひとつ音がしない時間が、しばらく流れた。

「……ふぅ」

大神はため息をつき、ノエルの垂れ耳を手に取って、うやうやしくキスをくれた。それから、ちょっとお仕置きを与えるように、くいと引っ張ってくる。

「頑固者のうさぎめ」

そして白い歯を見せて笑った。彼の背後では、シーツの下で、もっふりと太い尻尾が、ばっさばっさとベッドの上を掃《は》くように動いている。

「この腕に囲って、守って、おれだけのものにしておくつもりだったんだがな……」

「亮……」

「ノエル。本当のことを言うとな……おれは、母がああなる前に守ってやれなかった、その悔いを、きみを守ることで埋め合わせたかったんだ」

ひとりごとのような声音だった。

「だが、きみを、自己満足の道具にするのは、卑怯かもしれないな……」

「亮、じゃあ……」

告白してもいいってことですよね、とノエルが問うより早く、

「だがな、ノエル」

大神は釘をさすように告げた。

「何かつらいことがあれば、自分だけでため込まずに、おれに言うんだぞ。きみの心が痛めば、おれの心も痛む。そのことは忘れないでくれ」

ノエルはうなずき、大神の頭の黒い獣耳に、感謝のキスをした。


「『プディングの夕べ』をやりたいんです」

ノエルがそう告げたとき、その場で「ほう」と興味を示した顔をしたのは、的場ひとりだった。

八橋総支配人始め、「ナーサリーライム」の幹部たちは、みな一様に「何だ、それは」という反応だ。いつもながら威風堂々たるスーツ姿で列席している大神も、怪訝《けげん》な顔をしている。

「森野くん、それはなかなか面白いアイデアだと思うが、いかんせん、『プディングの夕べ』が何かを知っている者は、ここではわたしひとりのようだ。まずそれが何かから説明してくれるかね？」

「はい、『プディングの夕べ』というのは——」

ノエルは説明した。それはイギリスで行われている催し物で、一夜、定員を設けて集まった客たちの前に、何種類ものプディングを並べ、おかわり自由で振る舞うのだと。

「それはいわゆる、スイーツバイキングとは違うのかね？」

首をかしげたのは八橋だ。それに対しノエルは、「ええ、違うんです」と説明を重ねた。

「まずイギリスでの『プディングの夕べ』というのは、伝統的なイギリスのデザートが、フランスやアメリカの菓子に押され、しだいに食べられなくなっていくのを食い止めよう、という主旨で始まったものです。なので集まった人々の前で、まず提供されるプディングのひとつひとつについて、その歴史や由来の説明が行われます。いわば『実食つき食の文化講座』のようなものです」

「ふむ……」

「おいしいものを食べられて、しかも英国の伝統的食文化史についての深い知識も得られるというので、今では予約の取れない大変な人気イベントになっているようです。日本からも、参加を目当てに渡英する人が多いとか」

それは……と、八橋が口を開いた。

「この日本でも、需要は潜在的にある、と言いたいわけかね」

「はい、本格英国風を謳う『ナーサリーライム』で、英国文化を学び、かつ、おいしいプディングに舌鼓《したつづみ》を打つ。アイデアは本場の焼き直しですが、どこでもやっているアフタヌーンティーなどとは違い、ほかのホテルでは得難い本物の体験です。おそらく常連の顧客以外にも、新しく興味を持って来てくれる人はいると思われます。いかがでしょうか」

うーん、と考えこむ気配が、その場に満ちた。

「でもあれだろう、きみ、プディングというのは確かどっしりした蒸しケーキのことだろう。超甘党の英国人ならいざ知らず、そんな重い菓子を何種類も、ひとりの人が、いちどきに食べられるものかね？」

「いえ、文脈にもよりますが、英国英語では『Pudding《プディング》』はいわゆるデザート全般を指します。パイやメレンゲ菓子でも、要は食後に食べる伝統菓子なら何でも『プディング』なのです」

「すると実質、英国文化講座つきデザートバイキングという感じのイベントになるわけか」

「はい。エグゼクティブプロデューサーは、どう思われますか？」

ノエルの問いかけに、

「……面白いと思う」

返答した若い声は、大神亮だ。

シーン、と室内の空気が凍った。今やこの男の正体が見上げるようなサイズの大狐であることを、知らない者はいない。

――怪物。

誰もが無言のうちに、大神を見やる目にそんな思いを込めている。だが大神自身はどこ吹く風の顔つきだ。

「ナーサリーライムの古風な雰囲気を守りつつ、新規に顧客を開拓できるのなら、このホテルにとっては理想的だ。やってみる価値はあるのではないかな」

そう述べてから、大神は微笑した。「ニコリ」ではなく「ニヤリ」と評したくなる笑い方だった。

引き合わされた当初、ノエルと大神は、「古き良きホテルの気風を守りたい」「いや、ホテルの事業継続のためには斬新な改革が必要だ」という主張をそれぞれが繰り出し、対立関係にあったのだ。それが月日を経て、「ホテルの古風さを守りつつ、新規事業を展開する」という落としどころを見出したのである。大神にしてみれば癪《しゃく》だろうが、的場の「ノエルと大神をぶつかり合わせることでホテルに化学変化をもたらす」という目的は、ほぼ達せられたことになる。

大神は椅子の上で姿勢を改めた。

「オーナー、自分はノエ……森野くんの案に同意します。コストの点からも、新たに設備を導入する必要もなく、すぐれた案だと思います」

「うーん、そうだなぁ……総支配人はどう思う？」

「そうですなぁ。日本でここだけ、という催しは、確かに華《はな》がありますが……」

八橋は自分の顎を撫でた。

「日常業務とは別に、夜に行うとなると、人手の確保がねぇ……森野くんの腹案としては、一度きりじゃなく、定期的に開催するつもりなのだろう？」

「イギリスでは毎週金曜日の夜七時ごろから開催だそうです。でも最初は、月に一回くらいの頻度から始めてもいいのではないでしょうか」

「うーん……」

室内の空気が、ざわざわと波立つ。賛成反対半々、というところだろうか、とノエルは読み取った。

大神の後押しがあってなお、形勢は決して有利ではない。

ノエルはさらに提案した。

「では、まず内覧会を催してはいかがでしょうか」

「内覧会？」

「というと、一部の人だけでお試し開催をすると？」

「はい、とりあえずはうちのスタッフで。あと、もし外の人を招待するとしたら、取引のある業者さんはどうでしょう。例のクロテッドクリームを生産してくれているわたらい牧場の方などは、いつも無理を聞いていただいているので……」

「何だか内覧会というより慰労会《いろうかい》みたいだな」

などと発言したのは、八橋総支配人だ。首をひねりつつも、顔つきは否定的ではない。

「まあ、でも、確かに森野くんの言う通り、うちは出入りの業者に無理難題を頼むことも多いですから、たまには彼らにサービスするのも悪くはないでしょう。慰労会、いいんじゃないでしょうか」

八橋が的場に目を向ける。それを受けて、的場はうなずいた。

「じゃあ、決まりだね。森野くん、あとは大神くんと日程調整して。夜だから、『十月のうさぎ』が閉店後でいいんだろう？」

「はい、ありがとうございます！」

ノエルは自分でも思わざるほどの大声で感謝の一礼をした。顔を上げたとき、大神と目が合ったが、彼はいたずらの仕掛けに成功した悪童のような顔で、ニタリと口の端を吊り上げていた。


内覧会という名の慰労会は、それから約ひと月後に開催された。そろそろ夏も盛りを過ぎ、日が暮れれば草陰で鈴虫《すずむし》も鳴こうかという時期だ。

真っ赤なベリーのジュースに染まった、見るだけで元気の出る、今年最後のサマープディング。大きなガラスの器《うつわ》に、シェリー酒漬けのスポンジケーキ、カスタードクリーム、生クリームを重ねて、一晩熟成させたトライフル。薄いいちょう切りりんごの上に、小麦粉とバターをすり交ぜたそぼろ状のものを重ね、オーブンで焼いたアップルクランブル。煮りんごが中に詰まった温かいプディング、アップルシャルロット。干したなつめやしの実を刻み、あんこのようになったものを入れた黒いプディング本体に、スティッキー（べたべたした）で濃厚な濃茶色のトフィーソースをたっぷりかけていただくスティッキー・トフィー・プディング。英国流ロールケーキのローリーポーリー。パイと名はつくが、実際にはレモンクリームの酸味が効いたタルトに近い、レモンメレンゲ・パイ。

以上七種類のプディングを、ノエルはひとつずつその歴史、由来から語り始める。

たとえばベリーの果汁で真っ赤に染まったサマープディングは、ケーキ生地のかわりに食パンを使い、食餌《しょくじ》療法中の人にも食べられる低カロリーのヘルシーデザートとして、とある療養所で考案されたこと。

トライフルは、そのとき台所にある果物やケーキの残りの切れ端などを適当にガラスボウルに放り込んでシェリー酒で風味付けして作ることから、「ありあわせの」という意味の「トライフル」と命名されたが、今では市民権を持つ立派なごちそうで、作り立てより一晩寝かせて熟成させたほうが、おいしく食べられること。

イギリスのホームメイド菓子の代表のように言われるアップルクランブルの歴史は意外に新しく、第二次世界大戦中、パイやケーキよりも少ない小麦粉で作れるよう、考案されたこと……等々、エトセトラ。

その説明は立て板に水で、少しも滞《とどこお》ることがない。皆、目の前のテーブルに置かれた七種のプディングを前にお預けをくらいながらも、ノエルの言葉に聞き入っている。

「――と、いうところでさて、そろそろ実食に移っていただきますが」

ノエルはテーブルの端に置かれたひと抱えサイズのボウルを指さした。そこには、甘い香りを放つ薄黄色くとろみのあるソースが、大量に用意されている。

「健康食のサマープディングは生クリームを、スティッキー・トフィー・プディングはトフィーソースをかけますが、その他のプディングには、たーっぷりと、プディングが深皿の中で泳ぐくらい、このカスタードソースをかけて食べるのが英国流です。それと本日は、旬を過ぎかけていますが、ラズベリーやブラックベリー、ブルーベリーなどもご用意いたしました。どうぞお好きなだけプディングに添えてお召し上がりください。では、始めましょう！」

わっ、と参加者が湧きかえった。我先にと、空の皿を手に、七種のプディングのテーブルに押しかけてくる。

日ごろは忍耐づよい仕事を強いられているルームメイドやフロント係たちが、深皿にカスタードソースをたっぷり注いでもらい、子どものようにはしゃいでいる。

今夜のために軽トラックではるばる駆けつけてきたわたらい牧場の主人が、真紅のサマープディングに、自分の牧場で生産した生クリームをたっぷりかけている。ほかの者も、まるで小学生のように欲張って、ベリーを山のように盛ったり、色とりどりの飾り砂糖を振ったトライフルをごっそりすくったりと、思い思いにこの夕べを堪能《たんのう》していた。

だが意外にも、他の従業員や招待客を圧して、真っ先に七種制覇《せいは》をしたのは、八橋総支配人だった。おかわりをするたびに、「カスタードもっとかけてくれ！　もっとだ！」と、深い皿から零れ落ちそうなほどに、薄黄色い卵色の甘いソースを要求している。

「うん、おいしい、おいしい！　これはいい！　ああ、幸せだなぁ！」

まさかこのお堅い上司が、と驚きつつ、ノエルはおかわりを要求されるたびに、大きなお玉いっぱいに、カスタードクリームを汲んではサーブする。その黄色いソースを、八橋は最後の一滴までスプーンできれいにすくい取っては、おいしそうになめた。

ノエルは傍らに立つ恋人に囁いた。

「——亮、あなた、のんびりしていたら、みんなに食べつくされてしまいますよ」

「ああ」

そう答えた大神だが、先ほどからレモンメレンゲ・パイばかり、ゆっくりと味わって食べている。シンプルで、甘い中にも、さわやかな酸味がきりりと絞めるレモンの香りのパイは、このストイックな男に似合うと言えば似合うが。

（そんなにレモンが好きなら、今度、彼のためにレモン・カードを作ってあげよう）

ノエルは内心で思った。レモン果汁とすりおろした皮を、卵とバターとグラニュー糖とともに煮詰めたレモン味のクリームは、トーストにつけてよし、料理に添えてよしの万能調味料だ。きっと喜んでくれるだろう。たとえ喜んでくれなくても、彼に対して何かしてあげられる、それだけで充分だ。

そうと決めてから、ノエルは微笑した。

（この人のことを想うと、こんなささいなことでも幸せを感じる。これが恋をしているということなのかな……）

あまずっぱい思いで胸を満たしていると、またおかわりの皿を突き出された。的場オーナーだ。「アップルシャルロットを」と言うので、中身の煮りんごがほろほろと崩れるさまが食欲をそそる蒸しプディングを一切れ、その皿に置く。

「……本当に、みんなに言っていいのかね？」

的場の心配げな声に、

「はい」

ノエルは胸を張って答えた。

「フェロモンの漏出アクシデントは、この先もまた何がきっかけで起こるかわかりませんし……その都度、彼に庇ってもらうわけにもいかないでしょう。何よりもぼくは、他人からの蔑視をひとりで引き受けてしまった彼の自己犠牲の上に、のうのうと暮らすのは嫌なんです」

「——後悔しないね？」

「しません。それに、このホテルには、理不尽に仲間を差別するような人はいないと信じていますから……隠し事をせず、きちんと話しておきたいんです」

「——うん」

そうだね、と的場も腹をくくったようだ。

「はい、みんな注目！」

くるりと振り向き、大声で呼びかける。

「そろそろ胃袋も膨らんだだろう。ここで森野くんからお話がある。みんな静聴するように！」

この「プディングの夕べ」を今後どうするか、という仕事上の話だと思ったのだろう。全員が皿やスプーンを手にしたまま、ノエルにひたりと視線を向ける。

「えーと……」

ノエルは緊張から、一瞬、言葉に迷った。

「ここにいるみなさんに、聞いてほしいことがあります。これはぼくの私事なので、仕事上のことじゃありません。でもホテルでの仕事にも少し……だいぶ、関係のあることです」

しーん、という沈黙が痛い。

「先日、ここにいる大神エグゼクティブプロデューサーが、獣人であることを知った人は多いかと思いますが――」

そう告げると、その大神が、ノエルの背後に立ち、力づけるように、肩に手を置いてくれた。

震えが止まる。

「実はあのとき……ぼくも、正体であるうさぎ獣人に変化して、濃厚なフェロモンを放っていました。それを大神さんは、自分の体と匂いで、人に知られずに済むよう、庇ってくれたんです」

「……！」

ざわざわ、と人々の間の空気が揺らぐ。牧場主の渡会が、「ええ？」と驚いて、スプーンを取り落とし、それが大理石の床で跳ねて、カーン、と音を立てた。

そんな人々の前で、ノエルはポコン、とうさぎの垂れ耳を出して見せる。

人々はもう、声もない。

「ご存じの方も多いと思いますが、うさぎ獣人のフェロモンは、人の性的興奮を呼び起こします。それは、獣人が本当に誘惑したい相手——好きな人以外にも作用します」

ノエルはそこで言葉を切り、こくり、と固唾を呑んだ。緊張からか、出ていた垂れ耳が引っ込む。

「ぼくは、色々あって、大神さんのことを好きになりました。あのとき、更衣室で抑制剤が効かずに、フェロモンが暴走してしまったのは、そのためです」

ノエルがそう告げた瞬間、興奮と衝撃のようなものがフロアを走る。ふたりの関係は噂として流れていたが、こうも堂々とカミングアウトが行われるとは、誰も予想していなかったのだろう。

「こんなことを告白したのは」

ノエルは勇気を奮《ふる》って続ける。

「ぼくのフェロモンが、好きな相手以外にも作用するからといって、世間で噂されているように、ぼくのようなうさぎ獣人が、誰かれ構わず性行為に誘うわけじゃない、ということをわかってほしいからです。ぼくが——……」

そう告げて、自分の背後に目をやった。そこには、寄り添うように大神亮が立っている。

「ぼくが誘惑したいと望むのは、この人……大神亮さんだけです。そのことを、ここにいるみなさんに、知っていてほしいのです」

しーん、と驚愕の沈黙。それを破ったのは、的場の、ふだんののほほんとした態度からは想像もつかない、凛とした声だ。

「みんな聞きなさい。わたしは今夜ここに、この『ナーサリーライム』に、今後、LGBTはもとより、獣人を蔑視したり差別したりする人間に居場所を与えるつもりはないと、宣言する」

「……ッ」

「もし今後、森野くんや大神くん、それにもちろん、お客さまとして来館される方に無礼を働く者がいたら、断固としてそれ相応の処置を取る。心に留めておくように」

低い押し殺したような囁きが、斜め市松模様のフロアに満ちた。いくぶん、不満や不平が混ざった響きであることを、ノエルは感じ取っていた。

——そんな……いつフェロモンの暴走を起こすかもわからない人を、ティールームの責任者として置いておくなんて……。というところだろうか。

(……まあ、仕方がないか)

ノエルは大神の目を見た。この先は、ゆっくりと理解を求めていくしかない。

そう思っていたときだった。

カラカラカラ……と、車輪の回る軽い音がした。人々の目が、「十月のうさぎ」の入り口に向けられる。

そこには、車椅子に腰掛け、頭にストールを巻いてブローチで留め、うしろに長い純白の尻尾を垂らした白髪の婦人が、開け放ったドアからフロアに入ってくる姿があった。

「母さん！」

大神が上げた声に、その場の全員が凍り付く。どこからか現れたこの女性が、大神の母？

「ごめんなさい、招かれざる客ではございますけれど、少しだけお邪魔いたしますね」

白髪の女性は、自分で車椅子を漕《こ》ぎ、しっかりと正気を保った顔で告げた。彼女が幻の六階特別室の客だと気づいた人間が、この中に何人いるだろうか。

「母さん、どうして……」

常に沈着冷静な大神が、目を白黒させて慌てふためいている。そんな息子をよそに、婦人は車椅子をくるりとターンさせて、群衆に向き直った。

「みなさま、わたくしは大神聖子と申します。このホテルの六階に住まわせていただいております。そしてここにいる大神亮の母で、狼獣人です」

大きなエメラルドの嵌まったブローチを外し、頭からストールを取る。そこには、純白の白髪の間から生えた、純白の獣耳がひくひくと揺れている。車椅子のうしろに垂れた同じく純白の尻尾は、床を掃くほどに長く、人々は息を呑んだ。

「わたくしは事情あって、自分とは種《しゅ》の異なる獣人の息子を産みました。そのために、息子には、ずいぶんと苦労をかけました」

「母さん……」

「その息子が、よき伴侶を得て、やっと幸せになろうとしております」

「マダム――」

ノエルが驚く姿を横目に、聖子は姿勢を正した。

「息子は……息子はいつも、自分のことはさておき、人のことを心配する子です。不愛想で誤解されやすい子ですが、本当は人の不幸を見すごせず、自分のこと同様に心を痛める繊細な子です。そんな息子はわたくしの誇りではありますが、同時に最大の気がかりでもありました。この子はちゃんと、自分だけの幸福を見つけられるだろうか。わたくしが逝《い》ったあと、生きる目標を失ったりしないだろうか、共に生きる人が現れてくれるだろうか、と」

「……」

「みなさま、息子とその伴侶について、思うところのある方も多かろうと思います。それは各人の心の中のことで、誰にも踏み入ったり、強制したりすることのできない領域のことです。ですが、息子たちが幸せを摑もうとしていることは、どうか認めてあげてください。若いふたりを祝福してあげてください。ひとりの子の母として、心からお願い申し上げます」

聖子が、貴婦人めいた淑《しと》やかな仕草で一礼する。

群衆がどう反応していいかわからず、凍ったように沈黙している中で、真っ先に動いた人物がいる。

八橋総支配人だ。

彼はそろそろとした仕草で、手に持っていた深皿を、ことん、と慎重にテーブルの上に置いた。

そして、突然、その自由になった両手を激しく打ち鳴らし始めた。

——拍手だ。

その音は、しんと静まり返っていた「十月のうさぎ」のフロアに、ひときわ大きく鳴り響いた。

次に、的場が拍手を始める。その次は渡会。そして、メイドたち。フロントスタッフ。次々に広がる拍手の輪。緊張していたノエルの顔に、最初は驚きが、そして次に笑みが広がる。

「亮……」

ノエルは自分の肩に置かれた恋人の手に、自分の手を重ね、背後を顧みる。

大神はかすかに微笑して、ノエルの瞳を覗き込むように見つめたあと、小さくうなずいた。

——「ナーサリーライム」は、ふたりを受け入れてくれた。ただ古くゆかしいだけの場所ではない、偏見も蔑視もなく、誰しもを温かく迎え入れるホテルとしての、新しい一歩をここに踏み出したのだ。

「ねぇ、ノエルさん」

寄り添い合い、見つめ合うふたりに、大神聖子が声をかける。

「は、はい、何でしょうか」

何を言われるか、と緊張するノエルに、聖子は意外なことを告げた。「今夜は、クリスマスプディングというものはないのかしら？」と。

「クリスマスプディング……ですか？」

ノエルの脳裏に浮かんだのは、真っ黒な台形の上に、ヒイラギの葉と赤い実を飾った、真冬のプデイングだ。だが季節が違うし、作るのに膨大な手間と時間がかかることもあって、あいにく今夜は、用意がない。

「実はわたくし、若いころから『銀の森のウィニー』シリーズが大好きでしてね」

それを聞いて、大神が「そんなことは初耳だぞ」とつぶやく。

聖子は一瞬、そんな息子に苦笑を向け、すぐにノエルに視線を戻した。

「あの作品に登場する、縁起物《ラッキーチャーム》の銀貨や指輪の入ったプディングを、みんなで切り分けて食べる、というのを昔からやってみたくて――いつか叶えてくださらないかしら？」

「もちろん！」

ノエルは答えた。

「では古式にのっとり、一一月のスターアップ・サンデーに作り始めることにいたしましょう」

「まあ、嬉しいこと」

聖子が涙ぐむ。

「よろしくお願いしますね、ノエルさん……息子のことも」

大神が、「おれはプディングのついでか」と肩透かしを食ったかのような顔でつぶやく。

そんな息子をよそに、うれし涙にくれる聖子に、的場が手品師のように華麗な手つきで、美しいレースのハンカチを差し出した。

その向こうでは八橋が、滂沱の涙を流しながら、音を立てて鼻をかんでいる。

古風なティールームのフロアは、得《え》も言われぬ温かい空気に包まれていた――。

東京の一二月に、雪はほとんど降らない。

日本の関東地方は、冬になると空気が極度に乾燥する。空っ風と呼ばれる乾いた寒風が吹きすさび、火災やインフルエンザの流行が起こりやすくなるため、加湿器が生活必需品となる。ホテル「ナーサリーライム」も同様で、この季節になると、三〇余りのどの客室にも、細かなミストを噴き出す小型の機械が常設される。

本日は貸し切りの「十月のうさぎ」に、大神の母・聖子が降りてきたのは、そんな月の二五日。クリスマス当日の夜のことだった。日本ではクリスマスの祝いはイブの夜に行われることが多いが、英国始め欧米諸国では、当日の昼すぎから祝宴が始まるところがほとんどだ。本格英国式を謳う「ナーサリーライム」にふさわしく、しかし時間は客足の途切れる頃合いを選んで、この日時になったのだ。

六階の特別室から車椅子で降りてきた聖子に付き添うのは、息子の大神亮。店の前で来賓《らいひん》を出迎えたのは、的場孝太郎だ。「ようこそマダム」と取られた手の甲にキスをされて、聖子はひどくはにかんだ。

「まあ……こんな大年増に、過分なお出迎えをありがとうございます、オーナー」

「何の。貴女は今宵《こよい》の主賓でございますから。わがホテルが誇るティールーム給仕長の、英国流のおもてなし。どうか心ゆくまでご堪能ください」

そうして、カラカラ……と車椅子が押されて入った店内には、人の背丈を超える高さの、燦然《さんぜん》と輝くクリスマスツリーが飾られていた。日本でよくあるビニール製の作り物ではなく、どこでどう手に入れたのか、本物の、生のモミの木に飾り付けをしたものだ。

そして、そのモミの木のとなりに、いつもよりも瀟洒《しょうしゃ》に着飾った姿のノエル・ブラウン＝森野が立っている。

「ようこそおこしくださいました、大神聖子さま」

日本式に頭を垂れて一礼。それに聖子はにこりと笑顔を返す。

あのプディングの夕べの日以降、聖子は見違えるように元気になった。小食ながら食事も日に三度摂るようになり、痩《や》せて骨の浮いていた体に張りが戻って、表情も明るくなった。もう以前のような、青白く陰鬱な座敷牢の囚人ではない。来《きた》るべき未来の幸福を予感する、ひとりの健康な女性となりつつある。

「さあでは、クリスマスディナーを始めましょう。森野くん、まずは乾杯かな？」

「ええ、食前酒として、まずはサイダー……シードルティーはいかがでしょうか？」

「ああ、シードルか。りんごの酒だな」

日本で「サイダー」と言えば、アルコールを含まない発泡性清涼飲料のことだが、英語の「cider《サイダー》」は、圧搾《あっさく》したりんごの果汁を発酵させた発泡酒のことだ。フランス語の「cider《シードル》」のほうが、日本ではよく知られているため、ノエルは言い直したのだ。

「まあ、りんごのお酒？　わたし、あまり強いのは――」

「大丈夫ですマダム。シードルはあちらでは子どもが飲んでいるくらい軽いお酒ですし、これはそれをさらにアイスティーで割ったものですから」

小さくダイスサイズに刻んだフルーツを入れた四つのシャンパングラスに、薄黄色い発泡する液体を注ぎながら、ノエルが告げる。

「ジュースだと思って気軽に飲めばいい、母さん」

大神は母の車椅子を、すっかり飾り付けと配膳《はいぜん》の済んだテーブルにつけた。

クリスマスカラーのクロスがかかったテーブルの上は、何とも華やかなものだった。キラキラと泡が輝くグラス。純銀のカトラリー。タケオ・セトで統一された磁器の皿。それらに、色とりどりに料理された、芽キャベツやニンジン、ブロッコリー、グリーンピースなどの温野菜に、バターで風味をつけたものが、彩り豊かに盛り付けされている。

そしてベツレヘムの星が上型の生地に型抜きされた、クリスマス期間に欠かせない小型のミンスパイ。琺瑯《ほうろう》の小鍋の中はあっさりしたチキンスープ。ローズマリーで香りづけしたローストポテト。真っ赤な焼きりんごをワインに浸したもの。聖子の体に配慮してか、お肉は七面鳥《ターキー》の丸焼きではなく、薄切りのローストビーフが少しだけ皿に載せられている。

美麗な飾り付けのわりに、カロリー控え目なのは、拒食状態が長かった聖子に「こんなにたくさん食べられない」というプレッシャーを感じさせないためだ。口にしやすく消化しやすく、なおかつ栄養があって、クリスマスにちなんだメニューを、とノエルがさんざん頭をひねって考え出したのだ。

　聖子は顔を輝かせた。

「まあ、なんておいしそうな――」

その言葉を聞いて、ノエルは安堵した。まあスープだけでも口にしてくれたら御《おん》の字かな、と思っていたのだが、これで何とかディナーとして格好がつきそうだ。

「ではまず乾杯だ。ほら、森野くんも席について。それでは、素晴らしきわがホテル『ナーサリーライム』と、愛しいふたりの息子たちに幸あらんことを願って」

　的場が、乾杯、と音頭を取る。大神が、おれはあんたの息子じゃないぞ、とつぶやいた気がしたが、からん、と鳴るグラスの音に紛《まぎ》れてしまった。果実入りシードルのアイスティー割りをひと口飲んだ聖子が、「おいしい」と口に出す。

ディナーが始まった。健啖家《けんたんか》の的場はいかにも彼らしく、ローストビーフをがつがつ食べたが、聖子はやはり肉類はあまり進まないようだった。そのかわりよく食べたのがミンスパイだ。

　ミンスパイの「ミンス」とは「ミンチ肉」のことで、その名の通り、昔は肉入りパイだったものが、長い歴史の中でしだいに、中身がドライフルーツやナッツなどをスパイスで漬けて熟成させた「ミンスミート」に変化した。英国では冬の時期になると、クリスマスの前後一か月ほどの間、一日一個食べると幸運を呼ぶ縁起物として盛んに売られる季節菓子だ。ひと口かふた口で食べられる小ぶりさが、聖子の心を捕らえたらしい。サクリ、サクリと次々に口に運ぶ姿に、ノエルは目を細めて喜んだ。

「そういえば、内覧会のときは驚きました。総支配人があんなに甘党だなんてちっとも知らなかった」

ノエルが思い出したように告げると、的場はフフッと笑った。

「八橋くんは以前から、きみのお菓子のファンだよ森野くん。仕事に私情を持ち込むべきではないという信念で黙っていただけだ。ここだけの話、内覧会に賛同したのも、本心ではきみのプディングを腹いっぱい食べられるから、だったと思うよ」

「それに、ふだんは冷静な方が、あんなに泣きながら祝福してくださって……」

「彼は早くに母親と死別しているそうだからね。完治の難しい病気で、まだ小さかった八橋くんともほとんど一緒にいられないまま、長い闘病生活の末に亡くなったと聞いたことがある。だから聖子さんの、子を想う母の気持ちにホロッときたんじゃないかな」

「……そうだったんですか……」

ツリーに飾られたモールやオーナメントが、ライトアップされてキラキラと輝いている。そのライトが、あるときふっと消えた。

「あら？」

聖子が戸惑いの声を上げる。そこへ、いつのまにか席を立っていたノエルが、ボウッ……と青い炎を上げるものを盆に載せて現れた。小山のような形の頂上に、実のついたヒイラギを飾ってある。

「まあ、それは……」

「ええ、先月のStir-up Sunday《スターアップサンデー》に、混ぜて蒸しあげておいたあのクリスマスプディングです。食べる直前にふたたび一、二時間蒸し直して、温めたブランデーをかけてこうして点火するんです」

スターアップサンデーは、クリスマスの準備期間である五週間《アドヴェント》に入る直前の日曜日のことで、クリスマスプディングはこの日に作り始めるのが古くからの習わしだ。


——さかのぼること五週間前。

季節は一一月の末。「ナーサリーライム」の周囲の木々や、六階テラスのささやかな庭の草木は、それぞれに赤や黄色に染まっていた。

用意するものは、多種多様な大量のドライフルーツに、卵、りんご、ブランデー、ナツメグにシナモン。それらを繋ぐパン粉。そして、何より肝心なスエット。

「Swest?《スエット》（汗？）」

「違います。正しくはSuet（スーエット）。日本語ではケンネ脂とも言うそうです」

聖子の部屋に材料一式と調理器具を持ち込んで行ったスターアップ（かきまぜ）作業のとき、大神は「ケンネ脂？」と不思議そうに首をかしげた。

「牛の腎臓の周りについている白い脂身のことです。お肉売り場で見かけたことありませんか？」

「あ、もしかして、あのすき焼きの前に鍋に塗り広げるやつか？　え、え？　あんなものをお菓子に使うのか？」

大神が、可笑しいくらい動揺した。彼の頭の中では、肉の脂身と甘い菓子がどうしても結びつかないらしい。

「昔は加工の手間がかかるバターより安価に手に入ったから、色んなお菓子によく使われたんですよ。英国は昔から酪農大国ですからね。今ではまあ、だいたいバターに取って代わられましたけど」

でもぼくは、クリスマスプディングに限っては、このケンネ脂が好きですね、とノエルはミンチ状に挽《ひ》いた脂の山を指しながら言った。この牛脂を含め、必ず一三種類以上の材料を混ぜて作るのは、キリストとその使徒たちにちなんでだ。

すき焼きの脂身、のイメージが抜けないのか、大神は終始「そんなものを入れるのか」と言いたげな渋い顔をしていたが、聖子はうら若い娘に戻ったように嬉し気に、プディング作りを手伝った。

「クリスマスプディングを作るときは、家族がひとりずつ順番に、心の中で願い事を唱《とな》えながら、必ず東から西へ混ぜるんです。東方三博士の来訪にちなんでだそうです」

「東から西っていうと――こう、かしら？」

「ええ、そうそう。そして紙を敷いてバターを塗ったプディングベイスン（蒸し型）に詰めたら、今度はラッキーチャームを埋め込むんです。昔の純銀製六ペンス銀貨とか、指輪とか銀ボタンとか」

そして切り分けて食べるとき、各人のプディングに何が当たったかで、来年の運勢を占うのだ。銀貨が当たれば幸運。指輪は結婚運が近づいていること。銀ボタンはその逆で、まだしばらく結婚はできない、など。

「素敵ね」

聖子はノエルが用意した銀貨を生地に埋め込みながら、コロコロと笑った。

「本で読んだ通りだわ」

「はい、それでいいです。ではこれを、これから厨房で五時間蒸します」

「五時間っ？」

母親のうしろで見守っていた大神が、驚嘆の声を上げる。

「そんなに長時間蒸すのか？」

大神亮らしからぬ極端な驚きように、ノエルは恋人を振り返って笑った。

「はい、この大きさだとそれくらいですね。それから冷まして、冷蔵庫でクリスマス当日まで一か月熟成させます」

一か月……と、大神が遠い目をする。

「気の長い菓子だな……」

「いえ、これでもだいぶ略式ですよ。本格的にやる人は、クリスマスの翌日に来年のプディングを作って、一年寝かせるといいますから」

ノエルは大神の顔を見て告げた。

——そうして、この夜、ノエルがクリスマスディナーのテーブルに置いたのは、五週間前、三人で作ったプディングだ。青白い火もまだ消えないうちに、四つに切り分けて、それぞれの皿に取り分ける。ブランデー・バターを添えて、各人が食べ始めると、まず的場が感嘆の声を上げた。

「ん〜、これこれ。この舌に絡みつくような独特のプラムの風味。ケンネ脂のたまらないコク。森野くんの作るお菓子の真骨頂《しんこっちょう》だね」

「本当ね、とてもおいしいわ」

「……脂身……」

「亮、あなた、まだこだわっているんですか」

ノエルが笑う。

「ほらさっさと食べないと、誰にどんなチャームが当たったかわからないじゃないですか。フォークの先で少しずつ崩しながら食べないと、銀貨に噛みついて歯を折りますよ。こうやって……」

「おや、ボタンだ」

声を上げたのは的場だった。その場の全員が笑った。ボタンは独身が続くことを表わすから、妻子のいない気ままな彼にはふさわしいかもしれない。

「あら、銀貨だわ」

幸運の六ペンス銀貨を引き当てたのは聖子だった。そしてノエルと大神のフォークの先にも、何かがかちりと当たる。

「あれ？」

「これは……」

ふたりは、自分のプディング皿に現れたチャームを見て、同時に驚いた。

それは指輪だった。結婚運が近づいていることを暗示するチャーム。それも、あきらかに相似形のデザインがされた、一対のものだ。素材はシンプルなプラチナで、それぞれの裏側には、「Noel to Ryo」「Ryo to Noel」の刻印がある。しかもそれぞれ手にしたものに、相手に送るべきほうの刻印のものが。

ノエルと大神は視線を交わし、そしてその目を、同時に聖子に向けた。

「母さん、まさか」

「マダム、これ——」

ふたりは期せずして同時に、聖子がいつもブローチをつけていた胸元に視線を向けた。

そこにいつも光っていた、大きな緑色の輝きがない。そのことに、ふたりは初めて気づいた。いったいいつから？

聖子はそんな男ふたりの目に、うふふ、と笑った。

「ええ、あのエメラルドのブローチを売ったお金で、的場さんに買ってきてもらったの」

「そんな、母さん——」

ショックを受けたように立とうとする息子を、聖子は手で制した。

「ちゃんとあなたたちふたりに当たってよかったわ。サイズもぴったりのはずよ。気に入ってもらえるといいのだけれど」

「いやあ、本当にうまくいってよかった」

どうやらこの仕込みの犯人らしい的場が、「失敗したら、わたしと大神くんに指輪が当たることもありえたからね」と言って磊落《らいらく》に笑った。冗談ではない、と、大神はむすっと口元を曲げる。

「気持ちの悪いことを言わないでください。それに、どうして母さんがブローチを売ろうとするのを止めてくれなかったんですか。あれは大神家の女性に代々受け継がれた、母にとっても大切な……」

「まあいいじゃないか。そう拗《す》ねないで、ね」

的場が彼をなだめた。

「これできみと森野くんの間柄が、神も嘉《よみ》したまう運命的なものだとわかったんだから」

「……」

子どものように慰められて、大神は不機嫌な顔だ。何だか父親と反抗期の息子のようだな、とノエルは思った。じんわりと、可笑しさが、腹の底から湧いてくる。

——ぼくの恋人は、どうやら、意外に子どもっぽいところがあるらしい。可愛いな。

「亮」

ノエルは、指輪をつまみ上げて恋人の名を呼ぶ。大神の目が、こちらを向いた。

「不束者《ふつつかもの》ですが——ぼくと結婚してくださいますか?」

そう告げるノエルに、大神は息を呑み、言った。

「それはおれから言うことだろう」

そうしてふたりは、互いの左手の薬指に、互いのために用意された指輪を嵌めた。

ポン、と、ワインのコルク栓でも抜いたかのような音がする。

「おめでとう！」

いつのまにか、的場の手には、両腕いっぱいに抱えるほどの本数の、「ナーサリーライム」の花束がふたつ、瑞々しい花弁を震わせながら抱えられていた。

とある午後の
クリームティー

「あーっ！」

ノエルはキッチンの上の戸棚《とだな》を開けてみて、そこにあるはずのものがないことに、悲鳴を上げた。

「亮《りょう》！　亮！」

そして隣室のソファでくつろいでいる恋人のもとへ飛んで行き、叱りつけるように問いただす。

「亮、あなたまたやりましたね！」

「何のことだ？」

寝ころびながら、何やら冊子状のものを熱心に眺《なが》めている男は、白々しくとぼけた。

「ぼくが昨日の晩に作ったレモンカード入りのミニ・メレンゲパイ！　上の戸棚に隠しておいたのに、全部なくなってる！　あなたが食べたんでしょうっ？」

「まあな」

悪びれない恋人に、ノエルは心底唖然《あぜん》とする。

「まあな、って……あれは今日のお茶の時間に、ぼくも一緒に食べようと思って作っておいたやつなのに……！」

「おれの大好物だと知っていて、いつもと同じ場所にワンパターンに隠しておくきみが悪い」

「……！」

ノエルは指輪まで交わした恋人――パートナーである大神《おおがみ》亮を、一瞬、蹴り飛ばしてやろうかと思うぐらい憎たらしく思った。

つくづく、結婚だの同棲生活だのは、してみないとわからないものだ。この男が、実は結構な食い意地張りで、特にレモン味の菓子に目がなくて、作るそばから独り占めで食べてしまうほどだなんて――。

ふたりが一緒に暮らし始めて一か月ほど経ったころのことだ。さいわい、居住地に選んだ区ではパートナーシップ登録制度が施行されていたので、ふたりはそれを利用し、晴れて公認のカップルとなった。日本で本格的な同性結婚の制度が整った暁《あかつき》には、その第一号になるべく、証人の署名捺印《なついん》なども一切合切記入済みの婚姻届けも、すでに用意してある。もし今後十年経っても制度が整わないなら、イギリスかアメリカへ国籍を移して、正式に結婚しようという話し合いも済んでいた。

だがしかし、その問題とは別に、今までまったく他人同士だったふたりが、いきなり生活を共にするのは予想外に大変で、特にノエルは数日に一度は大神の気ままさに振り回され、何かしら怒ったりあきれたりしている。

「……もう！」

そして結局、ノエルはその程度の怒声《どせい》でこの男を許してしまうのだ。

「あれに使ったレモンは、峰岸《みねぎし》さまからいただいた貴重な無農薬の国産品で、ぼくだって楽しみにしていたのに、ひとりで食べちゃうなんて……！」

「うん、うまかったよ」

大神が、ぐいっ、とノエルの腕を引っ張る。自身の胸に倒れ込んできた恋人に、彼は熱烈なディープキスをくれた。

かすかに香るレモン味――。

「おすそ分けだ」

ニタリと笑いながら、大神がのうのうとのたまう。休日で気を抜いているせいか、その頭からは漆《しっ》黒《こく》の被毛に覆われた三角形の獣耳が飛び出て、ぴくぴくと揺れていた。

「あ、あなたって人は……！」

ノエルは真っ赤になりながら、大神の胸を突き放すように立ち上がる。キスなんかでうやむやにしようとするなんて、この男は……！

「まったくもう、午後のお茶の時間に食べるお菓子が何もないじゃないですか……！」

ノエルはキッチンをうろつきながら、真面目《まじめ》に悩んだ。昨日までに食べつくしてしまって、戸棚にはビスケットの一枚もない。元イギリス人の名誉にかけて、パートナーとのお茶の時間にお菓子がないなどということは許されないのだ。

「仕方がない。これからスコーンを焼きます。クロテッドクリームといちごジャムはあるから……」

「手伝おうか？」

「結構です！」

ノエルはぴしりと拒否した。この男に小麦粉などいじらせた日には、キッチン中が粉まみれになってしまう。

大神はビジネスマンとしては超エリートだが、家庭人としては、不器用で大雑把《おおざっぱ》で、そのくせ食い意地が張っていて、使えないことはなはだしいのだ。自分でもそれを知っているのか、すごすごと隣室に引き返し、三角形の黒い耳をひこひこさせながら、またソファに沈み込んで冊子を眺めている。

（それにしても、昨日からやけに熱心に何か読んでいるな。旅行でも計画しているのかな……？）

思いながらも、ノエルはキッチンで小麦粉をふるう作業にかかる。一般的に日本のスーパーで買える粉は、ふわふわしたスポンジケーキなどに向いた目の細かい薄力粉で、ざっくりしつつも重さのある食感に仕上げたいスコーンにはあまり向かない。パンやうどん用の強力粉と半々にして、なおかつ小麦の香りが立つように、全粒粉《ぜんりゅうふん》も少し混ぜる。

これが「十月のうさぎ」の厨房《ちゅうぼう》なら、英国産の、少し粗《あら》めに精製した粉の在庫がいつでもあるのだが——。

ともかく、準備だ。粉二五〇グラムに対して、無塩バターは五〇グラム。ベーキングパウダーは少しだけ。あとは溶き卵を一個。混ぜる牛乳は、冬場の空気の乾燥具合を考慮して、少し多めに。

材料さえ揃えれば、スコーンを作るのは難しい作業ではない。むしろ大雑把に手早く作ったほうがおいしくなる。粉の中に賽《さい》の目に切った冷たいバターを入れてそぼろ状になるまで指先で潰すのも、卵と牛乳でそれを粗くまとめるのも、ひとつのボールの中で両手を使ってパパッとやってしまう。のんびりやっていると、手の熱でバターが溶けてべったりしてしまうからだ。あとは打ち粉をした台の上でめん棒を使って伸ばし、粉をつけた円《まる》い抜き型でサクサク抜く。この量なら、小さめのものが九個ほどできる。あとはオーブンの天板に並べて、上に残った卵液を塗り、一九〇℃で一五分ほど焼けば出来上がりだ。焼きあがるまでの時間はお茶の準備である。ノエルは隣室に呼びかけた。

「亮ー、今日もお茶は正山小種《ラプサンスーチョン》ですかー？」

「ああ、そうしてくれ……いや、茶くらいおれが淹《い》れるよ」

そういうわけで、ソファからのっそり起き上がってきた大神ともども、午後のお茶の準備を進める。

ノエルの辛抱強い指導の甲斐あって、大神も紅茶くらいはそこそこ上手に淹れられるようになった。ただ、うまくなったと褒《ほ》められて得意な気分になると気が緩《ゆる》むのか、大神本人も意識しないうちに、尻から大きな太い尻尾《しっぽ》が現れてしまうのだ。狐の尻尾はゆうに本体の体長ほどはある。しかも機嫌がいいとそれを左右にばっさばっさと振るものだから、その都度キッチンの調味料入れや調理器具がなぎ倒されたり飛ばされたりする。お茶を淹れてくれるのはありがたいのだが、常に何もかもきっちりと整理整頓しておきたいノエルにとっては、まあ、痛し痒《かゆ》しというところだ。

「クリームティーだな」

テーブル上に並んだスコーンとクロテッドクリーム、それにジャムを見て、差し向かいの大神が言う。

「オオカミの口もきれいに開いているじゃないか」

偉そうに評論されて、

「当然でしょう」

ノエルは胸を反らして誇らしく言った。「十月のうさぎ」の責任者として、スコーン作りなどうまくできて当たり前だが、恋人に褒められれば、悪い気はしない。

それからふたりは、くだんのオオカミの口からぱくりと上下ふたつにスコーンを割り、クロテッドクリームとジャムをたっぷり塗りつける。クリームが先かジャムが先かはイギリスでもデヴォン式とコーンウォール式で流儀が分かれるが、ノエルはコーンウォール式に、ジャムを塗った上にクリームを盛る派だ。

「うん、いつもながらうまいな」

ノエルの焼くスコーンが好物な大神は、ほくほく顔でご満悦である。

「ああまったく、こんなおいしいものが食べられるのも、どこかの大きな狐さんがパイの盗み食いをしてくれたおかげですねー」

ノエルはわざとらしく語尾を伸ばして言ったが、まあ、あれはレモン味が好きな大神のために作った菓子だったから、大神が食べてくれたのなら結果的には同じことか、と考える程度には、怒りも治まっている。こういうのを、日本語では絆《ほだ》されている、と言う。

「ところで亮、あなた、先日からずいぶん熱心に何か読んでますが、何を見ているんですか？」

「ああ、あれはな」

大神は大口をがばりと開いて、ぱくりとスコーンをやっつけながら言った。

「指輪をフルオーダーで作ってくれるジュエリー工房のパンフレットだ」

「指輪？」

ノエルは紅茶のカップを空中に浮かせたまま、首をかしげた。

「ああ、おれたちの指輪を作り直してもらおうかと思って」

「え？　どうしてまた。だって指輪はもうこれが……」

大神の指にもノエルの指にも、揃いのプラチナの輝きがある。あのクリスマスの夜、プディングから出てきたラッキーチャームだ。

「おれは気に食わないんだ。――いい年の、そこそこ稼ぎもある男が、母親の金で買ってもらった、しかも上司が選んだ指輪をパートナーにつけさせているなんて、みっともないと思わないか？」

ノエルはますます訝《いぶか》しんだ。それがそんなに気にするほどのことだろうか？

「イギリスでは、親から贈られた指輪をパートナーに渡すのは珍しくないですよ？」

「それは先祖代々の遺産としてだろう？　おれはおれの財力で買った指輪を、きみに嵌《は》めてほしいんだ――おれのパートナーの証《あかし》として」

男としてのプライドの問題だ、と大神は言う。

「だからどうせなら、世界で唯一無二の指輪を作ってやろうかと思ってな。お互いの誕生石をつけて、デザインももっと凝《こ》って――」

「いや、あの……」

ノエルは勢い込んでいる恋人を、困惑《こんわく》の顔をして遮《さえぎ》った。

「ぼくはこの指輪、気に入っているんですよ？　石がついていなくてシンプルだから、仕事中に嵌めていても、邪魔にならないし。何より、あなたのお母さんがぼくとあなたのことを受け入れてくれた証ですし」

「……」

「それに、ぼくの場合、さっきみたいに小麦粉やクリームをじかにいじったりするから、飾りがあると汚れがたまっちゃって不衛生だし、かといって毎日着けたり外したりしていたら、すぐに無くしてしまいそうだし……このままがいいです」

「だがな……」

大神の曇った顔を見て、ノエルは、あ、そうか、と勘づくものがあった。

「亮、もしかしてあなた、お母さんが大切にしていたエメラルドを売ってしまったことを、気に病《や》んでいますか？」

ノエルが問うと、大神は図星だったようで、一瞬の間を置いてから、「ああ」とうなずく。

「あれは大神家の女性に代々受け継がれてきたもので、母も若いころから気に入っていて、肌身離さず身に着けていたんだ。もし母に、少額でも自分の財産があれば、あれを手放そうとは思わなかっただろう。でも母は、ずっと大神の家に閉じ込められて生きてきて、無一文だったから、おれたちに指輪を贈るためには、あれを売るしかなかったんだ」

それを聞いて、ノエルも考え込んでしまった。たぶん聖子《せいこ》は、唯一の個人資産を手放してでも、息子たちを祝福してやりたかったのだろうが、そのために、長年伴侶《はんりょ》のように大切にしてきた宝石を手放そうと決めたときの彼女の気持ちを想うと、確かにいたたまれないものがある。

「そうですねぇ。もうあのエメラルド自体は取り返しようがないですけど……せめて、あれと同じくらいの価値の何かを代わりに贈るのはどうでしょう？」

ノエルは提案した。

「ぼくもお金を出しますから、ふたりで、そのオーダー工房に、何かジュエリーを注文したらいいいんじゃないですか？　それこそちょっと値の張る宝石《ルース》をあしらったブローチとか、スカーフ留めとか。台座のどこかにぼくたちからの感謝の言葉を刻印してもらって……来年の母の日にでも」

「……そうだな」

それもいいな、と大神はつぶやく。

ノエルは立ち上がった。何事か、と驚く顔の大神に、テーブルごしに体を伸ばして、キスをする。

——ジャムとクリームと小麦粉の味のキス。

「ありがとう、亮」

ふふっと笑う。

「あなたが、自分のお金でぼくに贈り物を、と思ってくださっただけで、ぼくは嬉しいです」

目の前の男が好きだ、という気持ちが昂《たかぶ》ったせいか、頭からぽこんと茶色い垂れ耳が出てしまう。

「でも、たとえ指輪が人から贈られたものでも、ぼく自身はもう、あなたのものですよ」

ノエルがそう告げると、大神は、椅子《いす》の後ろから生えたもっふりと大きな尻尾を、興奮したようにぶるんぶるんと振り回した。

そして、椅子ががたん、と音を立てるほどの勢いで立ち上がると、その尻尾で部屋中の小間物を打ち倒しながら駆け寄り、ノエルを両腕でしっかりと捕まえる。

「え、ちょ、何……」

「今すぐきみを抱く」

「ええっ？」

テーブルから引き剥《は》がされるように連れ去られながら、ノエルは悲鳴を上げた。

「ま、まだ午後のお茶の最中でしょうっ？」

「構うものか」

ノエルの抵抗などものともせず、大神は恋人をさっさとベッドルームまで拉致《らち》してしまう。

「きみはおれのものだと言ったな？」

ノエルは手足をばたつかせながら抗議した。

「だ、だからって雑に扱ってもいいってことじゃないですよっ！」

「まさか――雑になんか扱わないさ」

ノエルをベッドに乗せ、シャーッ、と念入りにカーテンを閉ざし、部屋を薄暗くしながら、大神は告げた。

「おれのほうこそがきみのものであることを、これからきみに、たっぷりと尽くして、思い知ってもらわなくてはならないからな」

その言葉に、ノエルの頭の垂れ耳が、ぴーん、と緊張する。

「あ……あ……」

黒い三角形の耳を生やした巨大な狐男の影が、そんなノエルの顔の上に迫ってくる――。

「亮……！」

ノエルの高い声が響く中、齧《かじ》り痕《あと》を残されたままのスコーンと紅茶は、テーブルの上でむなしく冷めていった。

「母の日に聖子さんにオリジナルオーダーのジュエリーを贈る？　じゃあ宝石《ルース》はこれにしなさい」

的場孝太郎《まとばこうたろう》が「値段は格安にしてあげるよ」と言って、聖子が手放したはずのエメラルドのブローチを、オフィスの引き出しからしれっと取り出してふたりに渡すのは、この日から少しあとのことになる――。

あとがき

BL《ボーイズラブ》をこよなく愛する素晴らしき皆さま。ごきげんよう。高原《たかはら》いちかです。

さて今回は「英国流紅茶とお菓子」と、「モフモフ獣人ラブ」を二本柱とした構成になりました。皆さまの舌と胃袋とハートに響くことができたでしょうか。

実はこのお話、当初は「アフタヌーンティー」をテーマにする予定でした。フォトジェニックな三段スタンドで知られるあれは、ヴィクトリア朝前期、とある英国貴族の夫人が、お昼さがりの空腹を紛らわせるために（当時の食事は朝と夜遅くの二食だけだったそうです）、ごく親しい友人たちと始めた習慣が、しだいに正式な作法を伴う社交の場となっていったものだとか。しかし調べてみると、本家イギリスの正統な「アフタヌーンティー」と、現代日本のホテルラウンジなどで提供されているそれとは、似て非なる物であることがわかり、そこから「かたくなに英国の伝統を守るレトロホテルを、日本の実情に合わせて改革する・しないで揉める」というストーリーの骨子《こっし》が生まれました。

しかし今回地味に大変だったのは、資料集めでした。いつもなら近隣にある市立図書館でだいたい済ませられるのですが（というか高原は無類の下調べ好きで、気分がノッてくるとキリがなくなるので、市立図書館にない資料には手を出さない、というルールを自分で設けているのですが）、今年は企画期間中にコロナ禍《か》で図書館が長期閉館されてしまい、ステイホームの呼びかけもあって遠方のリアル書店にも行けず、ほとんどネットから購入するしかありませんでした。

ネット通販で難儀なのは、購入前に中身をちらちら確認、ということができない点に尽きます。なので検索してヒットした本を、「これはいけそうだ」というカンで買うしかなくて、結果的にアフタヌーンティーだけではなく、イギリスの食文化全般の資料が集まってしまい、作品のテーマも「紅茶とイギリスのお菓子いろいろ」に広がってしまったのでした。そしてイギリスといえばラビットだろう！　という単純な理由で、主人公がうさぎ獣人になり、恋人は肉食系獣人になったというわけです。

ところでイギリスの食事といえば、二〇世紀の末ごろまでは、留学などで滞英《たいえい》経験のある人は、みな口をそろえて「ロンドンで食った〇〇はしみじみマズかった」と言うのが定番だったのですが、最近では、「いろいろ悪い評判を聞いていたが、行ってみれば何食べてもおいしかった」というのがもっぱらで、昔とはずいぶん事情が変わってきたようです。かの女王陛下の古き良き御国《みくに》も、世紀の変わり目《ミレニアム》、EUからの離脱問題《ブレグジット》などを経て、もう昔の日本人が知る「イギリス」とは別の国になりつつあるのかもしれません。

末文ながら、今作から新たに担当してくださったリンクス編集部Kさま、ならびに、日本ではあまりなじみのないお菓子を苦心して描いてくださった、金《かね》ひかる先生の労に、御礼申し上げます。

悪疫の災禍続く中ですが、皆さまのご健康とご多幸を心よりお祈りして。

令和二年十一月末日

高原いちか

この本を読んでの
ご意見・ご感想を
お寄せ下さい。

〒151-0051
東京都渋谷区千駄ヶ谷4-9-7
(株)幻冬舎コミックス　リンクス編集部
「高《たか》原《はら》いちか先生」係／「金《かね》ひかる先生」係

リンクス ロマンス

愛されうさぎととろけるクリームティー

2020年11月30日　第1刷発行

著者……………高《たか》原《はら》いちか
発行人…………石原正康
発行元…………株式会社　幻冬舎コミックス
〒151-0051　東京都渋谷区千駄ヶ谷4-9-7
TEL 03-5411-6431（編集）
発売元…………株式会社　幻冬舎
〒151-0051　東京都渋谷区千駄ヶ谷4-9-7
TEL 03-5411-6222（営業）
振替00120-8-767643
印刷・製本所…株式会社　光邦
検印廃止

ISBN978-4-344-84761-3 C0293
Printed in Japan

幻冬舎コミックスホームページ　https://www.gentosha-comics.net